© 2014 Eric Dammsky
Herstellung und Verlag:
Books on Demand GmbH, Norderstedt
ISBN 9783735750457
2. Auflage

Eric Dammsky

Anarchonda

Fantasy

1.

Ich habe meinen richtigen Vornamen nie gekannt. Eltern und Freunde nannten mich von Kindesbeinen an immer nur »Räuberle«, ein Name, den ich nicht mochte und der für einen Erwachsenen geradezu lächerlich ist. Die ordentlichen und wohl erzogenen Mitglieder der menschlichen Gemeinschaft bezeichneten mich abfällig als Taugenichts oder Schmarotzer. Dabei wollte ich von Anfang an nur, was alle anstreben, ein angenehmes Leben führen. Der Unterschied zwischen mir und der übrigen Bevölkerung bestand darin, dass ich es mir leisten konnte, keiner regelmäßigen Arbeit nachzugehen. Um die schönen Dinge des Lebens brauchte ich nicht zu kämpfen.

Ich wuchs in dem unbedeutenden Dorf Vogelbach auf, das seinen Namen zu Recht hatte. Das Wasser eines Bachs, der zwischen den Felsen einer Talverengung heraus sprudelte, zog sowohl einheimische als auch durchziehende Vögel magisch an. Ganze Schwärme von Kranichen und Wildgänsen ließen sich im Frühjahr und Herbst hier nieder, um von dem köstlichen Nass zu trinken, das ein Mineral enthielt, das angeblich eine heilende und stärkende Wirkung auf den Menschen hatte, aber die gefiederten Freunde regelrecht betrunken machte. Nur wenige Minuten, nachdem sie von dem Wasser getrunken hatten, torkelten sie über die Wiese, konnten nicht mehr fliegen und wurden eine leichte

Beute für einen Fuchs und zwei fette Kater, die hier einträchtig im hohen Gras auf der Lauer lagen. Auch die Vogelbacher hatten die Angewohnheit, sonntags früh vor dem Gottesdienst mit bloßen Händen eine Gans zu fangen und ihr die Gurgel umzudrehen. Während die Männer nach der heiligen Messe die Gastwirtschaft besuchten, aus der sie zwei Stunden später betrunken heraus torkelten, schmorten bereits die von ihren Frauen zubereiteten Vögel im Ofen.

Das Überangebot an Fleisch hatte im Lauf von Jahrhunderten dazu geführt, dass die Bewohner des Dorfs eine auffällig rosige Gesichtshaut bekommen hatten. Die heranwachsenden Mädchen, die überall in der Gegend nur »Vogelbacher Schweinchen« genannt wurden, waren umschwärmt auf den Kirchweihfesten der umliegenden Dörfer. Ich habe mich trotz ihrer gesunden Gesichtsfarbe nie für die jungen Frauen aus meinem Dorf interessiert, da ich sie von klein auf kannte und sie mir wie Schwestern vorkamen.

Das malerische Hotel meiner Eltern lag nicht im Ort, sondern am Rand einer Wiese, die sich entlang eines Berghangs zum Waldrand hinauf zog. Es war ein schön renoviertes Fachwerkanwesen mit einem Haupthaus und zwei Nebenflügeln mit insgesamt fünfunddreißig Betten, die während der Saison im Sommer meistens ausgebucht waren. Der bereits erwähnte kristallklare Bach, der direkt am Hotel vorbei floss, war in zweierlei Hinsicht eine Attraktion. Er lieferte nicht nur frische Forellen für die Speisekarte, sondern zog die Gäste wegen seiner angeblichen Heilkräfte an. Den ganzen Tag lang schöpften sie am kleinen Brücklein das Wasser mit Bechern aus dem Bach, die sie langsam und ehrfürchtig austranken. Was sie nicht wussten war, dass meinem Freund Schnuff und mir der Gang zur Toilette oft zu weit war, wenn wir draußen herum tollten.

»Man kann sich nicht schöner entleeren als an einem rauschenden Bächlein«, pflegte mein Freund immer zu sagen.

Ich genoss es, der Sohn des Hotelbesitzers zu sein und brachte mich entsprechend in Position, wenn weibliche Gäste in meinem Alter ankamen. Direkt an den Empfang schloss sich ein kleiner Wartebereich an, der mit Tischen aus Palisander und schweren Ledersesseln möbliert war. Hier flegelte ich mich gerne in die Sitzmöbel und ließ mir von den Stubenmädchen Getränke servieren. Diese fleißigen Geschöpfe, Trulla und Theres mit Namen, hatten nur mein Wohlbefinden im Sinn. Die Erfüllung meiner Wünsche war ihnen keine Last, sondern eine jede wollte dem Junior des Hauses besonders gut gefallen. Sie sorgten dafür, dass ich ein besonderes Essen bekam, anstatt der Allerweltsgerichte, die auf der Speisekarte angeboten wurden. Es ging so weit, dass ich sie abends herbei rief, um mich auszukleiden. Ein Prinz hätte nicht besser leben können. Trotzdem war ich unzufrieden. Eine tiefe

Sehnsucht wühlte in mir, aber ich wusste nicht nach was. Mein Freund Schnuff war unkomplizierter und mir in einem Punkt weit voraus. Er verfügte über viel Geld, viel mehr als das wenige Taschengeld, das wir wöchentlich bekamen. Er besaß sogar richtige Goldtaler und brüstete sich damit, schon Affären mit älteren Frauen gehabt zu haben.

Jeder im Ort wusste, woher Schnuff sein Geld hatte. Es lag an seiner Nase. Er hatte einen Geruchssinn wie ein Bluthund oder ein Trüffelschwein, den er von einem berühmten Urururgroßvater geerbt hatte. So wie sein Vorfahr, konnte Schnuff Trüffeln erschnüffeln, die er ausgerechnet meinem Vater verkaufte, der damit edle Speisen noch weiter verfeinerte. Die Trüffeln waren so teuer, dass man sie mit Gold hätte aufwiegen können. Schnuff musste sich nicht einmal bücken, um Witterung von den unterirdischen Knollen zu bekommen. Sobald der ihm bekannte Duft von seiner Nase erfasst wurde, ging er auf die Knie, zog noch einmal geräuschvoll die Luft ein und grub den wertvollen Fund mit einem Schäufelchen aus, das er immer am Gürtel seiner Hose in einem Futteral mit sich trug.

Mein Freund ließ mich zu einem gewissen Maß an seinem Reichtum teilhaben. Ich bekam zwar kein Geld von ihm, musste aber für den Whiskey nichts bezahlen, den er in der nahegelegenen Stadt kaufte und den wir gemeinsam tranken. Zwar gab es auch an der Hotelbar jede Menge hochprozentige Getränke, die jedoch hinter einer Glasscheibe unter Verschluss waren. In diesem Punkt achteten meine Eltern sehr darauf, dass ich keinen Zugang zu Schnaps und Likören hatte, so wenig sie mich auch sonst erzogen.

Die »Macht des Geldes« war Schnuff früh bewusst. In der Schule kaufte er sich gute Noten, indem er die Lehrer bestach. Wenn er sich mit einer Droschke in die Stadt fahren ließ, im eleganten Anzug mit einer rosa Nelke am Revers und einem schwarzen Zylinder auf dem Kopf, wusste ich, dass er die Damen eines bekannten Etablissements besuchte. Mir gegenüber erwähnte er einmal, dass eine Nacht mit diesen exotischen Schönheiten eine Trüffelknolle koste.

Hinter dem Hotel meiner Eltern begann ein großer, undurchdringlicher Wald, der mich schon als Kind fasziniert hatte. Meine Eltern hatten mir strikt verboten, ihn zu betreten und ich hatte mich daran gehalten, auch wenn ich als heranwachsender Jüngling den Eindruck bekam, dass sie die Gefahren weit übertrieben.

»Was willst du in diesem langweiligen Wald?«, fragte Schnuff, als ich ihn bat, mich auf einer Wanderung in das verbotene Gelände zu begleiten.

»Für mich ist es dort alles andere als langweilig«, antwortete ich trotzig, »der Wald birgt ein sagenhaftes Geheimnis.«

Immer wieder waren Wanderer nicht zurückgekommen, die im Hotel meiner Eltern gewohnt hatten. Die Vogelbacher verboten ihren Kindern strikt, auch nur einen Schritt in die wild wuchernden Gehölze zu setzen.

Eine Randzone von etwa zehn Meilen Breite wurde bewirtschaftet. Dort wurden Bäume gefällt und Unterholz abgefahren. Die Wege waren gut begeh- und befahrbar. Ein schmaler Pfad kennzeichnete die Grenze zwischen dem gepflegten Forst und dem Urwald. Kein Förster oder Waldarbeiter hätte jemals diese Linie überschritten. Wenn man nach den Gründen fragte, bekam man ausweichende Antworten. Niemand wollte zugeben, dass er Angst vor einem geheimnisvollen »Etwas« hatte, das dort angeblich hauste.

»Gib es zu«, stachelte mich mein Freund an, »dort gibt es etwas Wertvolles und du hast herausgefunden was es ist, Trüffeln werden es nicht sein, die kann nur ich erschnüffeln. Ist es vielleicht ein Goldschatz?«

Ich schüttelte den Kopf. Wie konnte jemand nur so materialistisch denken wie Schnuff.

Wenn er nicht mitkommen wollte, musste ich allein gehen. Vielleicht würde mich auch eines der Dienstmädchen begleiten. Ich entschied mich dafür, zuerst die kräftigere der beiden zu fragen, die rothaarige Trulla, die sofort einwilligte. Später sollte sich herausstellen, dass es die falsche Wahl gewesen war. Schon am folgenden Sonntag brachen wir vor Sonnenaufgang auf. Trulla trug den Rucksack mit unserer Verpflegung, die im Notfall für drei Tage gereicht hätte, auch wenn wir nur einen Tagesausflug geplant hatten. Ich hatte einen Kompass mitgenommen, der uns helfen sollte, wieder zurückzufinden. Als wir gerade losmarschieren wollten, tauchte plötzlich Schnuff auf. Er hatte sich doch noch zum Mitkommen entschieden.

»Das will ich jetzt doch sehen, nach was du im Wald suchst«, versuchte er mich zu provozieren.

Wir spazierten in guter Stimmung los und betraten den Forst über eine Schneise, von der aus wir einem breiten Weg folgten, der genau nach Norden verlief. Ich konnte hören, wie Schnuff immer wieder geräuschvoll Luft durch die Nase einzog. Seine Stirn legte sich in Falten.

»Hier riecht es nicht nach Trüffeln, sondern modrig und brackig«, flüsterte er, »meine Nase signalisiert mir die Nähe von viel Wasser, ein großer See vielleicht.«

»Hier gibt es keinen See«, antwortete ich.

Immer wieder blieb er stehen und blickte angespannt nach vorne. Da ein leichter Wind aus Nordnordost blies, bekam er vor allem die Witterungen aus dem verwunschenen Gelände, auf das wir zügig los marschierten.

Nach etwa drei Stunden kam das Ende des bewirtschafteten und gepflegten Bereichs. Vor uns breitete sich ein Chaos aus. Umgestürzte Bäume lagen kreuz und quer. Der Waldboden war übersät mit morschem Holz, auf dem dichtes, grün leuchtendes Moos und riesige, bunte Baumpilze wuchsen. Uralte Wege waren völlig überwuchert und nicht mehr begehbar. Überall reckten sich große

Schattenpflanzen nach oben. Die Farne waren bis zu acht Fuß hoch. In tiefen, schlammigen Löchern stand das Wasser und erschwerte das Weiterkommen.

Wir ließen uns dadurch nicht aufhalten und versuchten, einen Weg durch den Hochwald zu finden, der durch den Dauerschatten seiner mächtigen Baumkronen weniger Bewuchs am Boden zuließ. Ich überprüfte den Kompass und bemerkte, dass die Nadel plötzlich wild hin und her schwang. Trulla lachte triumphierend:

»Ich habe ein rotes Wollknäuel mitgenommen und schon die ganze Zeit alle hundert Fuß einen Baumstamm oder Ast gekennzeichnet. So können wir den Weg zurück leicht finden.«

Meine Blicke kreuzten sich mit denen von Schnuff, soviel weise Voraussicht hätten wir der Magd nicht zugetraut.

Es war sehr anstrengend, sich durch das Unterholz voranzukämpfen. Wir wollten jedoch nicht aufgeben. Nach zwei weiteren Stunden erreichten wir zu unserer großen Überraschung den ausgetretenen Pfad, den wir bereits kannten. Es dauerte nicht lang und wir fanden einen der Wollfäden. Wir waren im Kreis gelaufen.

Schnuff fing fürchterlich zu fluchen an, während sich die dicke Trulla auf einen Baumstamm setzte und uns mitteilte, dass sie zu erschöpft sei, um auch nur einen Schritt weitergehen zu können. Wir wollten auf keinen Fall von der Nacht überrascht werden und versuchten, Trulla unterzuhaken und zu schleppen, ein Unterfangen, das wir schnell wieder aufgeben mussten. Die junge Magd war schwer wie eine Mastgans, entglitt uns mehrmals und fiel wie ein nasser Sack auf den glücklicherweise weichen Waldboden. Es wurde dämmrig und wir entschlossen uns, im Wald zu übernachten. Schnuff sammelte trockenes Holz und ich fachte ein kleines Feuer an. Es sollte uns in der kalten Nacht wärmen, aber auch Wölfe fernhalten, die in kleinen Rudeln durch die wildreiche Gegend streiften.

Ohne es zu merken, hatten wir unseren Lagerplatz einige Fuß innerhalb des verbotenen Gebiets gewählt, da hier viel mehr trockenes Holz für unser Feuer herum lag. Es wurde dunkel und jeder versuchte, zwischen Moos, Erde, Steinen und abgestorbenen Ästen eine einigermaßen bequeme Schlafstellung nahe am Feuer einzunehmen. Nach einigen Versuchen benutzten wir schließlich Trullas Bauch und Busen als Kopfkissen. Mit einer Picknickdecke aus ihrem Rucksack deckten wir uns zu und waren bald eingeschlafen.

Ich hatte einen eigenartigen Traum. Mitten im Wald kam mir ein wunderschönes Mädchen entgegen, das mich umarmte, auf mein Ohr küsste und dann sogar ihre Zunge in meinen Gehörgang steckte. Ich dachte noch im Schlaf, dass die Fremde zu weit gegangen sei, als ich aufwachte und feststellen musste, dass ich überhaupt nicht geträumt hatte, sondern ein Wildschwein dabei war, schmatzend mein Ohr zu verspeisen. Mein bestialischer Schrei vertrieb das Tier augenblicklich. Die Hälfte meines

Ohrs war jedoch weg. Trulla legte einen notdürftigen Verband an und tröstete mich damit, dass man die Ohrmuschel nicht wirklich brauchen würde. Ich könne dankbar sein, dass das Wildschwein nichts anderes abgefressen habe.

In diesem Moment sah ich die junge Frau aus meinem Traum zwanzig Fuß entfernt bewegungslos im Wald stehen. Das Lagerfeuer beleuchtete ihr schönes Gesicht mit züngelnden Lichtreflexen von Weiß über Gelb bis Rot. Sie betrachtete uns mit einer Mischung aus Furcht und Neugierde. Auch Schnuff hatte sie entdeckt und war sofort auf sie zugegangen, während ich noch über meinen Traum nachdachte. Er zog einen Goldtaler aus der Tasche und ließ ihn auf seinem Handrücken tanzen. Das zeigte Wirkung. Die junge Frau wollte ganz genau sehen, wie der Trick funktionierte und ging auf meinen Freund zu. Blitzschnell streckte sie ihre Hand nach der Goldmünze aus, aber Schnuff war schneller. Mit einer atemberaubenden Schlenkerbewegung ließ er den Taler über Ober- und Unterarm wieder in seine Hosentasche kullern.

Die Fremde gab sich noch nicht geschlagen. Wie eine Furie fiel sie über meinen Freund her und versuchte, den Goldtaler aus seiner Hosentasche zu ziehen. Schnuff genoss diese Attacken, bei denen ihre spärliche Bekleidung aus Bast nur so flog, dass es Trulla Angst und Bang wurde und sie sich selbst und mir eine Hand vor die Augen hielt, wobei sie ständig »Hugo lass sein!« rief. Ich wusste nicht, wen sie mit Hugo meinte, Theres erzählte mir aber einige Tage später, dass Trulla einen Mann dieses Namens gehabt habe, der einmal einen anderen Kerl verprügelt habe und nicht mehr damit aufhören konnte, auf ihn einzuschlagen. Dabei habe Trulla den bewussten Satz geschrien, den sie seitdem bei Aufregungen immer von sich gab.

Das Waldmädchen, wie ich sie spontan taufte, hatte sich beruhigt und an unser Feuer gesetzt. Trulla gab ihr ein Stück Schokolade, das sie genussvoll aß. Mit dem Finger deutete sie auf sich und sagte »Savannah«. Wir nahmen an, dass dies ihr Name sei und ließen zu ihrer Begrüßung mehrmals eine Flasche mit Whiskey kreisen, die Trulla mitgeschleppt hatte. Unsere neue Bekannte trank den hochprozentigen Schnaps, ohne irgendeine Wirkung zu zeigen. Ich beobachtete dies schadenfroh, da Schnuff mit Sicherheit gehofft hatte, das Mädchen erst betrunken und dann gefügig zu machen.

Sie blieb nur kurz und verschwand wieder im Dunkeln. Vorher bedeutete sie uns noch wild fuchtelnd, dass der Bereich jenseits des Pfads für uns verboten sei. Wir befolgten ihren Rat, verlegten unser Feuer, betteten unsere Köpfe wieder auf Trullas Weichteile und waren bald eingeschlafen.

2.

Savannah ging mir nicht mehr aus dem Kopf. Sie hatte kein Schweinchengesicht, sondern edle, klassische Gesichtszüge. Ihre Hautfarbe war nicht das Vogelbacher Schweinehinternrot, sondern reines Elfenbein. Was machte sie nur allein in dieser Wildnis? Das musste ich herausbekommen. Bevor ich aber wieder in den Wald aufbrechen würde, wollte ich wissen, warum es so gefährlich sein sollte, den Grenzpfad zu überschreiten.

Im Ort lebte ein Mann, der angeblich schon weit über hundert Jahre alt war und den alle »Einsteins Bruder« nannten. Man sagte ihm nach, ungewöhnlich intelligent zu sein, er stand jedoch schon seit vielen Jahren unter Hausarrest, der vom Dorfpolizisten überwacht wurde. Keiner wusste, wie der alte Kerl es immer wieder geschafft hatte, einige der Vogelbacher Schweinchen zu schwängern. Erst als man ihn in seinem eigenen Haus eingesperrt hatte, hörte das Unwesen auf. Meine Eltern waren der Meinung, dass es die unglaubliche Überredungsgabe von Einsteins Bruder sei, die ihn so unwiderstehlich machte. So habe er auch schon vielen Vogelbachern Geld abgeschwatzt, das er nie zurückgegeben habe.

Der Dorfpolizist, den ich gut kannte, weil er sich im Hotel meiner Eltern regelmäßig betrank und seinen Rausch in einer unserer Dachkammern ausschlafen durfte, schloss mir die schwer gesicherte Eingangstür zum Haus von Einsteins Bruder auf und direkt hinter mir wieder zu. In zwei Stunden würde er mich wieder abholen. Ich hatte Schokolade mitgenommen, in der Hoffnung, den alten Mann damit zu bestechen, mir die Geheimnisse des verwunschenen Waldes anzuvertrauen. Als wir später am Tisch saßen, sprudelte es nur so aus ihm heraus:

»Es ist ganz einfach«, sagte er, »im Wald jenseits des Pfades befinden sich Punkte, an denen sich die galaktischen Raum-Zeit-Koordinaten sprunghaft verändern. An diesen Unstetigkeitsstellen kann man den Fuß in eine andere Welt setzen, die ›Terrachron‹ genannt wird.«

Ich verstand kein Wort.

»Die Stellen sind mit Granitfindlingen markiert, wenn du auf einen dieser Brocken steigst, wirst du in die andere Welt geschleudert, die unserer Welt zwar ähnlich, aber auch grundverschieden von ihr ist.«

Der alte Mann seufzte tief.

»Kannst du mich nicht einmal über Nacht aus diesem gottverdammten Haus lassen?«

»Es tut mir leid, ich habe keinen Schlüssel, der Polizist hat hinter mir wieder abgeschlossen.«

»Also, das Problem ist, dass von allen Eintrittspunkten nach Terrachron bis jetzt nur einer bekannt ist, der auf dem Grund eines Sees endet. Daran liegt es, warum immer wieder Personen im Wald verschwinden und nie mehr wieder auftauchen. Sie sind entweder an der Übergangsstelle ertrunken oder finden aus der anderen Welt nicht mehr zurück.«

Wieder seufzte Einsteins Bruder tief.

»Wenn ich nur wieder eines von diesen wunderbaren Vogelbacher Schweinchen in den Armen halten könnte.«

»Glauben Sie nicht, dass sie dafür zu alt sind?«

»Reden Sie keinen Unsinn, junger Mann, ich bin zwar einhundertzehn Jahre alt, im Kopf aber frischer als Sie. Was haben sie eigentlich mit ihrem Ohr gemacht? Da fehlt ein Stück.«

Ich hatte schon meinen Eltern nicht gesagt, dass es mir ein Wildschwein abgebissen hatte, für Einsteins Bruder fiel mir eine ganz besondere Erklärung spontan ein:

»Es wurde mir von einem Vogelbacher Schweinchen beim Liebesspiel abgebissen.«

Wieder seufzte der alte Mann tief.

In diesem Moment betrat der Dorfpolizist den Raum.

»So, Schluss jetzt, die Sitzung ist beendet!«

»Halt!«, schrie Einsteins Bruder, »ich muss meinem Besucher noch etwas Wichtiges sagen.«

»Was denn?«

»Solltest du jemals die andere Welt betreten, so musst du wissen, dass sie viel gegensätzlicher ist als unsere Welt.«

»Was bedeutet das?«

»Ich versuche, es kurz zu erklären. Bei uns gibt es alle denkbaren Eigenschaften von Menschen bunt gemischt innerhalb der Gesellschaft. In Vogelbach gibt es schöne und hässliche, schlaue und dumme und arme und reiche Menschen. Alle leben hier zusammen. In Terrachron leben die Menschen entsprechend ihren Eigenschaften zusammen. Dort gibt es zum Beispiel ein Dorf namens Heiligenstein, in dem nur fromme Menschen leben und nicht weit davon entfernt eine Siedlung für Gottlose.«

»Jetzt ist aber Schluss mit diesem Unsinn«, schaltete sich der Dorfpolizist ein.

Ich verabschiedete mich von dem alten Mann und hatte das Gefühl, dass wir uns bald wiedersehen würden.

Meinen nächsten Vorstoß in den verwunschenen Wald plante ich ohne Schnuff und auch ohne eines der Dienstmädchen. Ich würde den Granitfindling ganz allein suchen und gut vorbereitet die andere Welt betreten. Eine ganze Woche lang beschaffte ich Dinge, die mir bei meiner Expedition behilflich sein sollten. Ein wichtiger Teil meiner Ausrüstung waren Flossen, die ich mir aus Tierhäuten von Trulla nähen ließ und die sie genau an meine Füße anpasste. Für den Fall, dass ich wirklich auf dem Grund eines Sees ankommen sollte, würde ich sie gut brauchen können. Um die neue Welt nicht ohne Geld zu betreten, hängte ich mir den Goldtaler meiner verstorbenen Oma an einer stabilen Kette um den Hals, die so eng anlag, dass man sie mir nicht über den Kopf ziehen konnte. Um die Schließe zu öffnen, bedurfte es eines Tricks. Wer den nicht kannte, hätte mir den Kopf abschlagen müssen, um an den Taler zu kommen.

  Die beiden Mägde merkten natürlich, wie geschäftig plötzlich der Oberfaulpelz des Hauses geworden war. Sie machten sich ihren eigenen Reim darauf, vor allem Trulla, die bei dem ersten Vorstoß dabei gewesen war und die Flossen genäht hatte. Ihr war natürlich klar, was ich vorhatte. Ich rief sie in mein Zimmer, vergatterte sie zu strikter Schweigsamkeit und drohte im Falle einer unbedachten Bemerkung gegenüber meinen Eltern damit, sie zu entlassen, wenn ich selbst eines Tages der Hotelchef sein sollte.

Schwer bepackt mit Gerätschaften und Verpflegung brach ich einige Tage später auf. Es war ein sonniger Sommertag und die Sonne malte in den Dunst unter den Baumkronen leuchtende Strahlen, deren Licht das Dickicht wie Scheinwerfer durchschnitten. Alles wirkte viel freundlicher als bei meinem ersten Besuch. Ich kam gut voran und hatte bald den Grenzpfad erreicht. Mutig überschritt ich die gedachte Linie und kämpfte mich in dem verwunschenen Wald voran. Wieder funktionierte der Kompass nicht. Ich hatte mir aber eine Technik überlegt, in jeder Lage sicher meinen Kurs halten zu können, indem ich einen Stab in den Boden steckte und an seinem oberen Ende mit Hilfe einer Schnur ein völlig gerades, hohles Bambusrohr befestigte, mit dem ich den Punkt anpeilte von dem ich gekommen war. Von der anderen Seite des

Rohrs visierte ich dann den Punkt an, zu dem ich gehen musste.

Eine Senke tat sich vor mir auf, in die ich auf dem Hosenboden hinunter rutschte. Dort unten lagen überall verstreut große Felsbrocken, zwischen denen ein kleiner Fluss sein Bett eingegraben hatte. An seinem Ufer saß eine Frau. Sie hatte mir den Rücken zugewandt, ich erkannte aber sofort, dass es Savannah war, duckte mich, damit sie mich nicht aus dem Augenwinkel heraus zufällig entdeckte und versteckte mich schließlich hinter einem der Felsen. Die junge Frau schien sich dem Nichtstun hinzugeben. Minutenlang saß sie da, ohne sich zu bewegen. Doch dann schnellte sie plötzlich hoch. Erst jetzt sah ich, dass sie eine Angel in Händen hielt, an der ein Fisch zappelte. Sie nahm ihn vom Haken, schlug ihm den Kopf mit einem Stein ein und packte ihn in eine Umhängetasche. Dann angelte sie weiter. Ich brauchte jetzt Geduld.

Sie war bestimmt kein Mensch aus meiner Welt und kannte vermutlich die Stelle auf dem Granitfindling, über die man erst auf den Grund des Sees und von dort nach Terrachron gelangen konnte. Ich musste ihr nur folgen.

Es wurde schon dunkel, bis sie endlich aufbrach und sich springend wie ein Reh durch den Wald bewegte. So kam sie besser über das niedrige Gestrüpp. Ich hatte große Mühe, ihr zu folgen, wobei ich darauf achten musste, keinen Lärm durch knackende Äste zu verursachen.

Plötzlich war sie verschwunden. Ich hatte sie nicht aus den Augen gelassen und trotzdem nicht bemerkt, auf welchen der vielen herumliegenden Findlinge sie zuletzt gestiegen war. Meine Fähigkeiten als Spurenleser waren gefragt. Nach einigem Suchen entdeckte ich plattgetretenes, altes Laub. Die Spur endete vor einem Granitbrocken, in den Treppenstufen gemeißelt waren. Das war vermutlich der Zugang nach Terrachron. Ich stieg die schmale Treppe hinauf und blickte auf ein Kreuz. Das musste die Pforte sein! Als ich jedoch darauf trat und nichts passierte, hörte ich plötzlich ein unterdrücktes Kichern, dessen Lautstärke immer mehr anschwoll. Am Fuß des Findlings stand Savannah und krümmte sich vor Lachen. Ich war auf einen falschen Zugang hereingefallen. Die Markierung war angebracht worden, um mich und andere in die Irre zu führen.

Savannah machte eine Handbewegung, ihr zu folgen. Sie führte mich zu einem kleinen, unscheinbaren Stein, der jedoch eine perfekte Ellipsenform hatte. Die beiden Brennpunkte waren markiert. Savannah stellte sich auf eines der Kreuze und verschwand augenblicklich. Ich zog meine Flossen an, atmete mehrmals tief ein und aus und stieg auf den Stein. Sofort gurgelte und rauschte es. Ich war auf dem Grund des Sees angekommen, von dem Einsteins Bruder mir berichtet hatte. Von Savannah war jedoch in dem trüben Gewässer nichts mehr zu sehen. Ich schätzte die Tiefe, in der ich mich befand, auf etwa fünfzig Fuß und fing an, mit kräftigen Flossenbewegungen nach oben zu schwimmen. Je näher ich jedoch der Oberfläche kam, umso mehr fiel mir auf, dass sie stark spiegelte. Dann traf mich die Erkenntnis wie ein Schlag. Der See war zugefroren. Ich hatte kaum noch Luft und schwamm wieder zurück, um die Stelle zu finden, über die ich in meine Welt zurückkehren konnte. Nirgendwo war jedoch auf dem schlammigen Grund eine Markierung zu entdecken. Ich kehrte wieder um und schaffte es noch bis an die Oberfläche des Sees, wo ich in wilder Panik gegen das Eis schlug, das jedoch nicht nachgab. Kurz bevor ich ohnmächtig wurde, spürte ich noch, wie mich zwei Hände packten und mit sich zogen.

Als ich von einem schrecklichen Hustenanfall wieder aufwachte, lag ich nackt an einem Lagerfeuer, neben dem meine nassen Kleider auf einem Stock trockneten, der schräg in der Erde steckte. Savannah saß auf der anderen Seite des Feuers, betrachtete mich besorgt und versuchte, mir über Handzeichen etwas zu erklären. Ich deutete ihre Zeichensprache so, dass sie mich vor dem Ertrinken gerettet habe und das Goldstück, das ich um den Hals trug, als Belohnung haben wollte. Ich schüttelte entschieden den Kopf und stieß sie sanft, aber bestimmt weg, als sie den Taler packen und von seinem Kettchen reißen wollte. Wütend trat sie danach die Trockenvorrichtung für meine Kleider um, die ins Feuer kippten und angesengt wurden. Sie stieß Flüche in ihrer eigenartigen Sprache aus und verschwand in den verschneiten Felsformationen, die sich am Ufer des Sees entlang zogen.

Ich begann erbärmlich zu frieren. Mein ganzer Körper schüttelte sich. Als ich aufbrach, war es in meiner Welt Sommer gewesen, hier herrschte dagegen eisiger Winter.

Savannah kam nach einer Stunde zurück und hatte eine Decke mitgebracht, in die sie mich einhüllte. Sie war jetzt winterlich gekleidet, trug Lederstiefel und ein dickes Schafsfell. Mir war klar, dass ihr Verhalten mir gegenüber nicht durch Nächstenliebe bestimmt war. Durch den Taler hatte ich einen gewissen Wert. Barfuß folgte ich ihr durch den Schnee, bis sie in eine enge Schlucht einbog. Nach einer halben Stunde erreichten wir eine Höhle im Fels, die mit einem Eisengitter verschlossen war. In ihrem Inneren war die Behausung wohnlich eingerichtet. Ein offenes Feuer in der Mitte eines großen Raums, der einen Abzug nach oben hatte, glühte schwach.

Meine Füße waren wie Eiszapfen und ich setzte mich dicht an die Glut, um sie wieder aufzutauen. Die Verfärbungen meiner großen Zehen verschwanden jedoch nicht mehr. Sie waren wie abgestorben, blieben von da an taub und ließen mich beim Gehen aussehen, als würde ich auf Eiern laufen.

Die Höhle in dem zerklüfteten Gebirge sollte für einige Monate mein Zuhause werden, ein Zuhause, aus dem ich nicht fliehen konnte. Savannah war manchmal tagelang verschwunden, ohne dass ich wusste, wo sie war und was sie trieb. Sie sorgte jedoch für mich, indem sie von ihren Ausflügen Lebensmittel mitbrachte.

Während sie unterwegs war, erkundete ich das Labyrinth der Schluchten und zog immer weitere Kreise. In meinem Kopf entstand bald eine Landkarte, der ich blind vertrauen konnte. Trotzdem fand ich, obwohl ich viele Stunden unterwegs war, nie einen Ausgang aus dem Bergmassiv. Nur der Zugang zum See war leicht zu finden. Das Gewässer war rundherum von bizarren Felsformationen eingeschlossen und seine vereiste Oberfläche taute jetzt langsam auf. Der Frühling kam in meine neue Welt, während es in meiner alten vermutlich Herbst wurde.

Ich nahm mir vor, Savannah zu folgen, als sie wieder einmal die Höhle verließ, musste dieses Unterfangen aber schnell aufgeben. Sie kletterte wie eine Gams die steile Wand der Schlucht hinauf und verschwand hinter der Abbruchkante, nicht ohne mir vorher noch zuzuzwinkern und einen Stein nach mir zu werfen, der mich am Kopf traf und eine dicke Beule verursachte, die sich nicht mehr zurückbildete. Ich drohte ihr mit der Faust, hatte aber zu wenig Erfahrung im Klettern, um ihr folgen zu können, schon gar nicht mit den tauben Zehen.

Ich hoffte, eines Tages jemandem zu begegnen, der meine Sprache verstand und meine Fragen beantworten würde, vor allem, wie ich durch den See zurück in meine Welt gelangen konnte. Ich traf niemanden. Wir beide schienen die einzigen Lebewesen auf diesem Planeten zu sein. Diese Vorstellung machte mir Angst. Ich beruhigte mich jedoch damit, dass es Hersteller und Abnehmer der Lebensmittel geben musste. Eines Tages würde ich diese Leute treffen.

Während Savannah unterwegs war, lebte ich von trockenem Brot, gepökeltem Fleisch und in Tontöpfen eingemachtem Gemüse. Dazu kamen die Fische und Krebse, die ich im See fangen konnte. Sollte sie eines Tages nicht mehr zurückkommen, müsste ich allein davon leben.

Die junge Frau wusste natürlich, wie man von Terrachron in meine Welt zurückkommen konnte, sie hatte aber auf meine Fragen immer geschwiegen. Vielleicht gab es gar keinen besonderen Grund, warum sie es mir nicht sagte, sondern es machte ihr nur einen sadistischen Spaß, mich festzuhalten und mir ihre Macht zu demonstrieren. Ein anderes Motiv mochte ich mir nicht vorstellen, schon gar nicht, dass sie mich vielleicht mochte und die Zweisamkeit mit mir genoss.

3.

Ich schlief mit Savannah im einzigen Bett der Höhlenwohnung, das breit genug für uns beide war. Gleich am ersten Tag hatte sie mit Ästen eine Trennwand gebaut, auf die sie eine Decke hängte. Es war ein Hinweis für mich, dass ich ihr nicht zu nahe kommen sollte. Trotzdem wurden wir mit jedem Tag vertrauter miteinander, weil wir uns immer besser unterhalten konnten. Unsere Sprachen waren nur Dialekte derselben Sprachfamilie und ich konnte plötzlich verstehen, was sie sagte. Ihr ging es mit mir ebenso. Der ständige Austausch unserer Gedanken ließ mich begreifen, wer sie eigentlich war, auch wenn sie mir viele meiner Fragen nicht beantwortete. Sie war mit Sicherheit ein sehr einsamer Mensch mit einem ernsten Problem, das sie beharrlich verschwieg.

Obwohl sie grundsätzlich keine Fragen beantwortete, die das Land außerhalb des Gebirges betrafen, war klar, dass der See durch das ihn umgebende Massiv mit seinen unüberwindbaren Schluchten von der übrigen Welt praktisch abgeschnitten war. Wahrscheinlich war Savannah eine der wenigen, wenn nicht die einzige, die wusste, wie man zu den besonderen Stellen im Gelände kam, von denen man Terrachron verlassen konnte.

Sie gab es nie auf, mir meinen Taler abluchsen zu wollen. Schließlich überzeugte sie mich, das Goldstück gegen hundert Kreuzer zu tauschen, die in ihrem Land angeblich als Währung zugelassen waren. Ich kam mir vor wie »Hans im Glück«, als ich meine schöne, gelb glänzende Münze gegen eine Hand voll unansehnlicher Blechstücke tauschte, von denen ich mir nicht sicher war, ob ich sie jemals brauchen würde.

Ich bekam Heimweh, Heimweh nach Vogelbach und seinen rosaroten Bewohnern, nach meinen Eltern, den beiden Mägden und unserem Hotel. Ich vermisste meinen Freund Schnuff, nicht ahnend, dass er bereits auf dem Weg zu mir war.

In meiner neuen Heimat wurde es Sommer. Die dicke Eisschicht auf dem See war längst geschmolzen. Um unseren Speisezettel aufzuwerten, schickte Savannah mich fast jeden Tag zum Angeln. In dem Gewässer gab es eine Vielzahl von schmackhaften Fischen, sie wollte aber nur Forellen und Flusskrebse essen, die besonders schwierig zu fangen waren. Als ich wieder einmal am Ufer stand und die lange Leine auswarf, wallte plötzlich das Wasser und ein dunkles Etwas tauchte aus den Fluten, das sich schnell als Mensch entpuppte, sich aufrichtete und hustend zum Ufer torkelte. Es war Schnuff.

Ich war so überrascht von seinem Anblick, dass ich stolperte, nach hinten fiel und mein Kopf auf einem angeschwemmten Baumstamm so hart aufschlug, dass ich ohnmächtig wurde. Von diesem Augenblick an verlor ich immer das Bewusstsein, wenn mich etwas sehr erschreckte. Schnuff stand lachend vor mir, als ich wieder aufwachte.

»Sei mir gegrüßt Räuberle, mein guter Freund, wir haben dich schon vermisst in Vogelbach. Deine

Eltern haben sich große Sorgen gemacht und mich gebeten, nach dir zu suchen. Wenn ich dich wieder nach Hause bringe, werde ich eine ordentliche Belohnung erhalten.«

Er zog geräuschvoll Luft durch die Nase.

»Hast du den Goldschatz inzwischen gefunden und wo ist eigentlich die Schönheit im Baströckchen? Wie hieß sie noch einmal? Hieß sie nicht Savannah?«

Ich nickte nur schwach mit dem Kopf, der so bestialisch wehtat, als würde er im nächsten Moment zerspringen. Savannah war wirklich schön und ich ahnte, was passieren würde, wenn ich Schnuff mit in die Höhle brachte. Dieser folgte mir aber ganz selbstverständlich und trug sogar meine Angel.

»Unglaublich, wie es in dieser Welt riecht!«, rief er ständig. Er erzählte, wie er seiner Nase gefolgt sei, um die Übergangsstelle auf dem Granitbrocken zu finden. An dieser Stelle habe es intensiv nach brackigem Wasser gerochen.

Immer noch benommen, stolperte ich auf dem unebenen Weg vor ihm her, bis wir schließlich das Eisengitter erreichten. Schnuff staunte, als ich aufschloss und die Höhle betrat, in der das Feuer nur noch schwach glimmte. Ich legte Holz auf die Glut, um es wieder anzufachen. Mein Freund zog seine nassen Kleider aus und hängte sie zum Trocknen auf den eisernen Grillstab, der die ganze Feuerstelle überspannte. Er erzählte, was sich alles in Vogelbach verändert habe. Ich würde als mahnendes

Beispiel für die Kinder hingestellt, auf keinen Fall den Wald zu betreten, weil es ihnen dann erginge wie mir. Da niemand wusste, was wirklich geschehen war, überschlugen sich die Gerüchte. Da alle im Ort ein schlechtes Gewissen wegen der Wildgänse hatten, die sie Jahr für Jahr aßen, erfand der Dorflehrer die gruseligste Version meines Schicksals. Ein Riesengänserich, der im Wald hause, habe mich mit seinem Schnabel in Stücke gehackt und verspeist.

Draußen war es dunkel geworden. Dann hörte ich das Geräusch herabfallender Steine, das immer die Ankunft Savannahs ankündigte, die diese Steine lostrat, wenn sie an den Wänden der Schlucht hinunter stieg. Im nächsten Moment stand sie in der Höhle. Als die junge Frau meinen Freund wiedererkannte, begann ihr Gesicht zu strahlen. Sofort hielt sie ihren Handrücken hoch und machte mit dem Zeigefinger kreisende Bewegungen. Schnuff hatte verstanden. Er zauberte einen Goldtaler hervor. Anstatt ihn aber wieder in seiner Hosentasche verschwinden zu lassen, schenkte er ihn Savannah, die daraufhin einen wilden Freudentanz aufführte, bei dem sie sich alle Kleider vom Leib riss und im Raum herum warf. Schnuff sank vor Lachen an meine Brust und hämmerte mit den Fäusten auf meinen Schultern herum, während ich die Augen schloss. Ich hatte Monate mit dieser Frau verbracht und immer die Höhle verlassen, wenn sie sich wusch oder umzog. Jetzt genügte eine wertvolle Münze, sie alle Scham vergessen zu lassen.

Als nächstes musste ich das Bett verlassen und wie ein Hund am Fußende auf dem Boden in eine Decke eingerollt schlafen. Meinen Platz auf der Liege nahm Schnuff ein. Er durfte Savannah auch bei ihren Ausflügen begleiten, während ich nach wie vor nicht mitgenommen wurde.

»Wo geht sie hin und wie sieht es dort draußen aus?«, fragte ich ihn, aber Schnuff grinste nur und legte den Zeigefinger auf seinen Mund.

»Das sage ich dir erst, wenn du mir verrätst, wo der Schatz ist.«

»Selbst wenn es einen gäbe, wie sollte ich ihn finden? Ich schaffe es nicht einmal, diese Schlucht zu verlassen.«

Plötzlich erinnerte ich mich an Andeutungen, die Savannah gemacht hatte. Sie würde irgendwann die Höhle für immer verlassen und ihr Glück am äußeren Ende von Terrachron suchen, dort, wo die Wüste ins Meer überging. Es sei zwar gefährlich im äußersten Westen, weil Anarchie herrsche, diejenigen, die es überlebten, seien aber steinreich zurückgekommen und hätten sich in dem mondänen Ort Luxusburg am Südmeer niedergelassen.

Mit jedem Tag in der neuen Dreisamkeit wurde die Lage für mich unerträglicher und ich beschloss, mich auf den Weg zu machen. Da ich schlecht schlief und meistens sehr früh aufwachte, war es kein Problem, mich heimlich aus der Höhle zu schleichen, wenn Savannah und Schnuff noch um die Wette schnarchten. Ein kleines Bündel mit

Verpflegung hatte ich schon seit einigen Tagen gepackt und in einer Felskluft versteckt. Als ich zwei Tage später in der Morgendämmerung aufwachte, schlich ich mich auf Zehenspitzen aus der Höhle.

Es war offensichtlich, dass es aus dem Labyrinth der Schluchten keinen Ausweg gab, man musste an den steilen Abhängen nach oben klettern, so wie Savannah es immer machte. Es kostete mich große Überwindung, ungesichert durch ein Seil in die mindestens zweihundert Fuß hohe Steilwand einzusteigen. »Was sie kann, das kannst du auch!«, versuchte ich mir Mut zu machen, wobei mir klar war, dass ein einziger Fehltritt meinen sicheren Tod bedeuten konnte.

Es war einfacher als erwartet, da es einen schmalen Steig gab, dem man folgen konnte. Dieser Weg war natürlich ungesichert und an manchen Stellen nur einen halben Fuß breit. Die wichtigste Regel war, an steilen Stellen nicht nach unten zu blicken und nicht darüber nachzudenken, was alles noch vor einem lag, bis man schließlich von ganz allein das Plateau erreichte.

Es war ein wunderbares Gefühl, nach Monaten im Schattenreich der dunklen Schluchten wieder in der wärmenden Sonne zu stehen. Nur – was war das für eine ausgefallene Landschaft auf dieser Hochebene. Gigantische rote Sandsteinformationen waren von Wind und Wasser zu Skulpturen geschliffen worden, die sich teilweise sogar brückenartig über die tiefen Einschnitte spannten. Es gab so gut wie keine Vegetation, da auf den Sandsteinen nichts wachsen konnte. Ich konnte von meinem Standpunkt aus den See erkennen, der einen großen Felsenkessel ausfüllte. In einiger Entfernung erstreckte sich ein bewaldeter Bergrücken, der nach Süden hin immer flacher wurde und in eine grüne Tiefebene überging, an deren Rand sich ein Dorf befand. Bis dahin mochten es, je nachdem wie gut begehbar und direkt der Weg war, einige Stunden zu Fuß sein. Ich marschierte sofort los, stellte aber fest, dass mich die zahlreichen, viele hundert Fuß tiefen Felsspalten, von denen das Massiv durchzogen war, am Weiterkommen hinderten. Dann entdeckte ich, dass sich an manchen Stellen Übergänge aus nebeneinander liegenden Baumstämmen über die Abgründe spannten, über die man auf die andere Seite balancieren konnte. Das trockene Klima auf der Hochebene hatte eine Verwitterung der hölzernen Stege verhindert. Das Material war hart wie Stein und die provisorischen Brücken waren einigermaßen sicher.

Das gut sichtbare Dorf gab meine Marschrichtung vor und es wurde spät am Nachmittag, bis ich es erreicht hatte. Schon von weitem sah ich, dass die Hauptstraße voller Menschen war. Beim Näherkommen erkannte ich, dass sich alle Bewohner der Siedlung herausgeputzt hatten. Arm in Arm schlenderten die Paare um den Marktbrunnen herum. Dort standen auch einige Soldaten, die die Menge aufmerksam beobachteten. Die Perfektion der ganzen Darbietung machte mich sprachlos. Dann erklang Musik und die Paare nahmen eine Tanzformation ein. Mir fiel auf, dass die Häuser, die die Straße säumten, blitzblank waren. Nirgendwo bröckelten Farbe oder Putz ab. Zur Straße hin waren die Wohnungen vollständig verglast, sodass man in den hintersten Winkel blicken konnte. Auch der gepflasterte Boden des Marktplatzes war wie geleckt.

Plötzlich zupfte mich jemand am Ärmel.

»Verschwinde sofort von hier oder willst du sterben!?«

Neben mir stand eine Frau in der hier üblichen Tracht.

»Weißt du nicht wo du bist?«

»Nein wo bin ich denn, in einer Räuberhöhle? Bei mir gibt es nichts zu holen, ich bin bettelarm.«

Dabei drehte ich meine Taschen nach außen. Die Frau packte mich am Arm und zog mich in eine Seitengasse.

»Du bist hier in Blitzblankenbach. Das Betreten der Hauptstraße mit deinen zerlumpten Kleidern könnte dein Leben kosten! Da verstehen die Leute hier keinen Spaß. Letztes Jahr haben sie einen Landstreicher hingerichtet, der seine Schuhe nicht geputzt hatte.«

Zum Beweis zeigte sie auf einen kleinen Hügel am Rande des Dorfs, auf dem an einem langen Balken mehrere Personen baumelten.

»Das sind alles Leute, die sich gehen ließen, sich nicht mehr pflegten und ihre Kleider oder Wohnung nicht mehr in Ordnung hielten«, erklärte mir die Frau, die wohl eine mitleidige Seele hatte, denn nur so war es zu erklären, dass sie mein unordentliches Äußeres nicht gleich den Soldaten gemeldet hatte. Stattdessen zog sie mich in eines der verglasten Häuser. Ich staunte. Sogar die Wände innerhalb des Hauses waren aus Glas. Wir setzten uns ins Bad auf die Kante der Badewanne, eine Stelle, die durch einen im benachbarten Zimmer stehenden Schrank verdeckt wurde. Meine neu gewonnene Bekannte ließ ein Bad für mich ein und verbrannte, ohne mich zu fragen, meine Kleider in einem gusseisernen Ofen, der auch das Badewasser erwärmte.

»Ich heiße ›Schicki Michi‹ und werde jetzt neue Kleider für dich besorgen. Bleibe auf jeden Fall in der Wohnung!«

»Mein Name ist Räuberle!«

Sie lachte.

»Da kannst du sicher nichts dafür!«

Kaum hatte sie das Haus verlassen, als schwere, dumpfe Schläge an die Haustür zu hören waren.

»Komm heraus Fremdling, wir wissen, dass du dich hier versteckt hast!«, befahl ein Mann im typischen Dialekt von Terrachrons Osten, den ich inzwischen gut verstand, auch wenn er sehr fremdartig klang.

Draußen standen mehrere Soldaten, die ihre Degen gezogen hatten. Da ich nur eine Unterhose anhatte, versuchte ich, mich im toten Winkel des Schranks zu verstecken - umsonst. Die Soldaten brachen die Tür auf, legten mir sofort einen eisernen Ring um den Hals und zerrten mich auf die Straße. Da ich gerade aus dem Bad gestiegen war, hatte ich mich noch nicht abtrocknen können und fror jämmerlich im kalten Wind. Meinen Peinigern war das gleich. Sie zerrten mich unter dem Gejohle der Dorfbewohner bis zu einem repräsentativen Gebäude mit Glockenturm, aus dessen Fenstern Fahnen wehten. Ein prächtig gekleideter Mann, der, umgeben von einem Heer von Dienern, wie ein Feudalherr auftrat, kam übertrieben würdevoll aus dem Haus geschritten und blieb vor einer riesigen Balkenwaage stehen, die sich in völligem Gleichgewicht befand und deren Schalen glänzten, als wären sie aus Gold.

»Als höchster Richter dieser Grafschaft fordere ich dich auf, dich in eine der Schalen zu setzen«, rief er mit lauter Stimme, wobei er mit dem Finger auf mich zeigte. Ich wollte den Mann nicht verärgern und krabbelte schnell in die nächstgelegene Schale. Dies führte dazu, dass die Waage augenblicklich voll ausschlug, wobei ein Zeiger an ihrem oberen Ende sich auf einer Skala ganz nach außen verschob, wo das Wort »Tod« eingraviert war. Inzwischen war dem obersten Richter ein Protokoll gereicht worden, das die Soldaten in aller Eile aufgesetzt hatten.

»Dir wird vorgeworfen, die vielen Besucher unseres Heimatfests am Marktplatz durch dein ungebührliches Erscheinen in Lumpenkleidung entehrt zu haben. Wenn du innerhalb der nächsten Stunde keine Fürsprecher findest, musst du sterben!«

Damit zog er an einem langen Seil, das eine Uhr im Turm seiner Residenz in Gang brachte, deren einziger Zeiger ein Minutenzeiger war. Die Leine war mit dem Glockenturm und dem Balken der Waage gleichermaßen verbunden und man musste kein Physiker sein, um den Mechanismus zu durchschauen. Solange sich der Balken in meine Richtung neigte, würde die Uhr in genau einer Stunde läuten – zu meiner Hinrichtung.

Inzwischen hatten sich viele Schaulustige versammelt, die dem letzten Satz des Richters laut applaudierten. Wie sollte ich hier Fürsprecher finden? Außer Schicki Michi kannte ich keinen Menschen. Kaum hatte ich an sie gedacht, als sie sich mit einem Bündel unterm Arm durch die Menge drängte. Keuchend stand sie schließlich vor meiner Waagschale und reichte mir Hemd und Hose, die ich unter dem Klatschen der Menge anzog. Die Stimmung schien sich zu meinen Gunsten zu verändern. Schicki Michi sprang in die andere Schale, konnte aber den Waagbalken nicht zum Umschlagen bringen. Erst dachte ich noch, dass sie zu leicht sei, dann rief sie mir aber zu, dass bei dieser Waage das dreifache Gewicht nötig sei, um sie kippen zu lassen. Ich musste unbedingt weitere Fürsprecher gewinnen. Der Minutenzeiger der Uhr näherte sich unaufhaltsam der Zwölf, ohne dass etwas geschah. Als nur noch eine Minute übrig war, teilte sich auf einmal die Menge. Eine schmale Gasse bildete sich, in der sich Savannah und Schnuff zur Waage durchkämpften. Ich hätte sie beinahe nicht erkannt, so vornehm waren sie gekleidet. Ohne mich zu beachten und meinen linkischen Gruß zu erwidern, sprangen sie in die Waagschale zu Schicki Michi. Ganz langsam hob sich nun meine Seite des Waagbalkens, während der Zeiger der Uhr unerbittlich weiter rückte. In diesem Moment kam eine Taube angeflogen und fing an, dicht über meinem Kopf zu kreisen. Dann setzte sie sich auf meinen Schalenrand. Ich wedelte wild mit den Armen und rief »zsch, zsch«, um sie zu vertreiben. Es klappte. Sie flatterte hoch und ließ sich auf Savannahs Kopf nieder. Die Waage kippte. Der Zeiger schwang von »Tod« auf »Leben«. Das Läuten zur Hinrichtung blieb aus.

Über den Platz schallte donnernder Applaus für diese spannende Inszenierung auf meine Kosten, während der ich Todesangst erleiden musste. Schnuff stieg aus der Schale und schüttelte meine Hand.

»Oh Mann Räuberle, du machst vielleicht Sachen. Zum Glück haben wir uns sofort nach dir auf die Suche gemacht, nachdem wir dein Verschwinden bemerkt hatten.«

Ich stellte Schicki Michi vor und wir gingen zusammen zu ihrem Haus.

»In Blitzblankenbach ist noch nie jemand wegen schmutziger Kleider hingerichtet worden«, lachte sie, »das ist ein einziger großer Spaß, den wir mit Neuankömmlingen veranstalten.«

»Und was ist mit den Leuten, die dort oben baumeln?«, warf ich ein und zeigte zum Hügel hinauf.

»Das sind Attrappen«, lachte Savannah, »Vogelscheuchen.« Dann wurde sie ernst.

»Du kannst froh sein, dass deine Freunde noch rechtzeitig gekommen sind, die Soldaten hätten dich auf den Galgenberg geführt und dir sogar noch die Schlinge um den Hals gelegt. Mehr aber nicht.«

»Wer weiß«, sagte ich, »vielleicht wäre ich dabei vor Angst gestorben.«

4.

Es war dunkel geworden und Schicki Michi lud uns ein, die Nacht in ihrem Haus zu verbringen. Da es nur zwei Betten gab, musste ich mein Bett wie gewohnt auf dem harten Boden machen, nachdem Savannah wie selbstverständlich zu Schnuff unter die Decke geschlüpft war. Die beiden zogen sich das Oberbett über den Kopf und rumorten darunter herum.

Es wunderte mich nicht, dass es doch eine Möglichkeit gab, das Glashaus gegen neugierige Blicke von draußen abzuschotten. In den Eckpfosten des Hauses waren Vorhänge eingelassen.

»Hilf mir bitte beim Zuziehen!«, forderte mich Schicki Michi auf, nahm danach meine Hand und blickte mir tief in die Augen.

»Es tut mir leid, dass ich und meine Mitbürger dich zum Narren gehalten haben«, entschuldigte sie sich, »du kannst jederzeit an meine Tür klopfen und wirst eingelassen werden. Sei mein Gast, so oft und so lang du willst!«

Nachdem ich mich in meine Decke eingewickelt hatte, redete sie weiter ununterbrochen auf mich ein, während ich immer müder wurde und schließlich einschlief. Vorher hatte ich aber meinen inneren, biologischen Zeitmesser auf sieben Uhr gestellt. Pünktlich wachte ich auf, nahm leise meine Sachen und schlich unbemerkt aus dem Haus.

Ein schmaler, gewundener Pfad führte hinauf auf den Galgenberg. Bevor ich dieses merkwürdige

Dorf wieder verließ, wollte ich mir doch noch die Vogelscheuchen aus der Nähe ansehen, die den Körpern von Menschen täuschend ähnlich sahen und deren Köpfe von Kapuzen verhüllt waren. Mein Schrecken war groß, als ich erkennen musste, dass es sich hier tatsächlich um Erhängte handelte. Es gab keinen Zweifel. Nachdem ich einem der Hingerichteten Schuh und Socken ausgezogen hatte, kam zu meinem Entsetzen ein bleicher menschlicher Fuß zum Vorschein. Bange Fragen stiegen in mir auf. Warum waren diese Menschen hingerichtet worden? Welch schauriges Geheimnis barg der Ort Blitzblankenbach? Ich hätte zurückgehen und Schicki Michi fragen können. Vielleicht wusste aber auch Savannah, welche Bewandtnis es mit den Erhängten hatte. Was war mit Schnuff, der noch in Schicki Michis Haus schlief? War er in Gefahr?

In diesem Moment höchster Anspannung hörte ich eine schnarrende Stimme hinter mir, die mich zusammenzucken ließ:

»Zum Gruße Wanderer, hier wirst du sicher nicht enden wollen, oder?«

Mich riss es herum, um denjenigen zu sehen, der mich so erschreckt hatte. Einige Fuß von mir entfernt stand ein magerer, schwarz gekleideter Mann mit einem schneeweißen, breitkrempigen Hut, auf dessen Vorderseite ein silbrig glänzender Totenschädel geheftet war. Der Kopf des unheimlichen Mannes bestand nur aus Haut und Knochen. In den tiefen Augenhöhlen leuchteten grüne Augen.

»Wie heißt du?«, fragte er mich mit einem solchen Nachdruck, dass ich wie unter Zwang antworten musste.

»Ich heiße Räuberle.«

»Was ist das denn für ein blöder Name!«, grinste er schadenfroh.

Ich versuchte locker und überlegen zu wirken und fragte ihn im Dialekt der Einheimischen nach seinem Namen.

»Sie nennen mich ›Freund Hein‹«, sagte er stolz, »in Terrachron kennt mich jeder.«

Ich war erleichtert, dass sich der unheimliche Mann ohne weitere Fragen auf dem Absatz herum drehte und laut durch die Zähne pfiff, worauf ein schwarzes Maultier angetrottet kam, auf das er sich setzte und davon ritt.

Mein Blick wanderte über die Landschaft, um mich zu orientieren. Im Osten erhob sich das Gebirgsplateau, von dem ich gekommen war und über dessen felsigen Horizont sich gerade die Sonne schob. Die ausgedehnte Tiefebene im Westen lag noch im Halbdunkel. Ich hatte aber schon am Vortag gesehen, dass diese weite Landschaft wie von einem Teppich aus hell- und dunkelgrün gescheckten Flecken bedeckt war, die nichts anderes waren als die Kronen riesiger Bäume eines undurchdringlichen Urwalds, der von Flüssen durchschnitten wurde, die sich in Mäandern ihren Weg zum Meer bahnten.

Ich brauchte nicht lang, um eine Entscheidung zu treffen. Entschlossen folgte ich dem Weg, der hinunter in die Ebene führte, weg von Blitzblankenbach. Unterwegs traf ich einige vermummte Gestalten, die mich nicht beachteten und meinen Gruß nicht erwiderten. Der Weg war gut befestigt, auch wenn er immer schmaler wurde und von undurchdringlichem Dickicht großblättriger Schattenpflanzen gesäumt war, aus dem sich die viele hundert Jahre alten Baumriesen erhoben. Nur noch wenige Sonnenstrahlen gelangten auf den Boden dieses Urwalds.

Nach vielen Stunden anstrengenden Marschierens ging es wieder ins Gebirge. Ich erreichte eine Quelle, an der ich mich niederließ, um zu rasten. Das Wasser, das hier aus dem Berg sprudelte, war so klar wie ein Bergkristall und schmeckte köstlich. Ich legte mich auf eine mit dichtem Moos überwucherte Felsplatte und war bald eingeschlafen.

»Hallo Schlafmütze, aufstehen!«

Jemand rüttelte heftig an meinem Arm, wodurch ich aufwachte. Vor mir sah ich das breit grinsende Gesicht Schnuffs. Offensichtlich war er ohne Savannah unterwegs. Dann verfinsterte sich seine Miene.

»Savannah ist bei Schicki Michi geblieben, sie wollte nicht mehr mit mir ziehen, nachdem ich keine Goldtaler mehr hatte.«

Ich musste schallend lachen und erboste meinen Freund so sehr, dass ein Fausthieb auf meiner Nase landete, die sich dadurch etwas zur Seite verbog, ein optischer Mangel, unter dem ich bis heute leide, da er meinem Gesicht etwas Verlogenes gibt. Ich konnte aber wegen dieses Zwischenfalls nicht die Freundschaft zu Schnuff in Frage stellen, der mir auf meinem weiteren Weg durch eine unbekannte Welt helfen musste. Irgendwann wollten wir beide auch wieder nach Vogelbach zurückkehren. Ich hatte keine Ahnung, wie man den Rückweg am Grunde des Sees finden konnte. Dazu brauchte ich Schnuff und seine legendäre Nase.

Der nächste Ort, den wir erreichten, hieß »Lustenau«, was uns durch goldene Buchstaben auf einer großen silbernen Tafel am Ortseingang mitgeteilt wurde. Darunter stand in etwas kleinerer Schrift:
»Make love not war!«
»Ich befürchte Schlimmes«, grinste Schnuff, »denkst du was ich denke?«
Noch war kein Mensch zu sehen und wir spazierten mutig die Hauptstraße entlang, die in den Ort führte.
»Sieh nur«, rief ich, »dort auf der Kuppe ist wieder ein Balken mit Erhängten.«
»Rede keinen Unsinn, das sind ebenso Vogelscheuchen wie in Blitzblankenbach.«
In diesem Punkt wusste ich mehr.
»Man hat uns belogen, ich bin heute früh auf den Hügel gestiegen und habe die ›Vogelscheuchen‹ untersucht. Es waren tatsächlich Erhängte.«
Schnuff wurde blass.

»Um Gottes willen, und wir wissen nicht einmal, weshalb diese armen Menschen dort gelandet sind. In unserer Unwissenheit könnte uns das auch passieren. Wir dürfen keine Fehler machen!«

»Wir hätten bei Schicki Michi und Savannah bleiben sollen«, sagte Schnuff, »die wissen bestimmt, welche Bewandtnis es mit dieser merkwürdigen Welt hat und nach welchen Regeln sie funktioniert.«

Kaum hatte er den Satz ausgesprochen, als mehrere leicht bekleidete Frauen, die sich an den Händen hielten, heran gehüpft kamen und ununterbrochen in die Luft springend einen Kreis um uns bildeten. Es waren die allerliebsten Wesen mit großen, schwarzen Augen und langen, braunen Haaren, in denen wunderbare, stark duftende Blüten steckten.

»Unser Kreis schließt euch jetzt ein, drum müsst ihr unsere Liebsten sein«, sangen sie mit wunderbaren Stimmen, wie ich sie nur von der Loreley kannte, die in meiner Welt auf ihrem Felsen am großen Fluss saß und die Schiffer durch ihren Gesang so betörte, dass sie in der gefährlichen Strömung zu steuern vergaßen und am Felsen zerschellten.

Schnuff hob den rechten Arm und zeigte den jungen Damen die Handfläche.

»Halt, wer soll denn wessen Liebster sein, denn Lieben kann man nur zu Zweien.«

»Oh nein, es geht zu Drein und Vier, viel Frauen sind des Mannes Zier«, sang eine der Frauen, die ich für die Anführerin der Gruppe hielt, mit silberheller Stimme.

»Ich glaub wir sind im Orient«, lachte Schnuff und an die Frauen gerichtet:
»Liebe Nixen, könnt ihr uns sagen, wo sie in diesem Ort Speisen auftragen, hungrig und durstig sind wir statt von Amor besessen, das Wichtigste ist jetzt: Wir müssen 'was essen.«
Ich überlegte, ob man sich in diesem Ort mit schlechten Reimen verständigen müsse, als mein Blick auf meinen Freund fiel, der von dem langen Weg völlig erschöpft war. Seine Kleider waren durchgeschwitzt und verstaubt. Seine Haare hingen ihm wirr über die Stirn und seine Bäckchen glühten. Eines war mir sofort klar: Ich sah bestimmt keinen Deut besser aus und in Blitzblankenbach hätte man uns sofort festgenommen.
Die Frauen hatten ein Einsehen und öffneten den Ring, nachdem wir versprochen hatten, uns am Abend wieder auf dem Brunnenplatz einzufinden, wo jede Nacht durchgetanzt wurde. Die Anführerin der Gruppe ging auf mich zu und stellte sich mit dem Namen »Zwickzwack« vor. Ich biss mir auf die Lippen, um nicht in hemmungsloses Lachen auszubrechen, obwohl der Name immer noch besser als »Räuberle« war. Zwickzwack nahm mich an der Hand und führte mich die Straße entlang. Ihr Griff war so fest wie der einer Schraubzwinge, ganz im Gegensatz zu den sanften Blicken, die sie mir zuwarf. Sie hatte erhebliches Übergewicht, das sich aber auf die klassischen Fettdepots des weiblichen Körpers beschränkte.

Wir erreichten den zentral gelegenen Brunnenplatz, von dem alle Straßen sternförmig in den Ort liefen. Hier befanden sich mehrere Gaststätten und ein großes Gebäude mit der Aufschrift »Haus der Liebe«. Überall standen Paare herum, die sich an den Händen hielten und immer wieder unvermittelt heftig umarmten.

»Zuallererst müsst ihr ein Bad nehmen und neue Kleider bekommen«, schlug Zwickzwack vor, »ihr könnt im Haus der Liebe baden und ich besorge inzwischen die Kleider.« Wir betraten das merkwürdige Gebäude, von dem wir erwartet hatten, dass es eine Art Freudenhaus sei. Umso mehr staunten wir, dass hier Obdachlose und Waisenkinder versorgt wurden. Hier stand Badewanne neben Badewanne, die Luft war mit dichtem Wasserdampf gesättigt und fleißige Badenixen rannten mit Stößen von Handtüchern durch die Flure. Die ganze Szenerie war in helles Sonnenlicht getaucht, das über mehrere Umlenkspiegel in den Hauptraum gelangte, eine pfiffige Technik. Am Ende der Badewannenzeile begann der Haarschneidebereich. Hier wurden die Besucher des Hauses vor großen Kristallspiegeln von einem Dutzend Frisöre geschoren.

»Das sind größtenteils keine wirklichen Kunden«, sagte Zwickzwack, die meinen dummen Blick aufgefangen hatte, »sondern Bedürftige, die für den Dienst an ihrem Körper nichts bezahlen müssen, beziehungsweise können. Wer immer über die Mittel verfügt, sollte für einen Aufenthalt im Haus der Liebe einen viertel Kreuzer zahlen.«

Zum Glück besaß ich noch die Kreuzer aus dem Tausch mit Savannah. Schnuff dagegen hatte ihr all seine Goldstücke gegeben. Eine Gegenleistung hatte er nicht erhalten, soweit ich das hatte beobachten können. Ich zahlte für unseren Aufenthalt einen halben Kreuzer und wir waren eine Stunde später wie neugeboren. Zwickzwack kam mit zwei Garnituren geschmackvoller Hosen, Hemden und Sandalen, die zwanzig Kreuzer gekostet hatten und in denen wir wie Zwillinge aussahen. Dann waren wir wieder draußen auf dem Platz. Unsere Begleiterin nahm uns an der Hand und führte uns einmal im Kreis um den prächtigen Brunnen, aus dem eine dreißig Fuß hohe Wasserfontäne spritzte. Dabei grüßte sie immer wieder nach allen Seiten. Wir hielten es kaum noch aus vor Hunger und drängten sie, jetzt endlich ein Gasthaus aufzusuchen. Sie führte uns in eine romantische Kneipe mit Dachterrasse, von der man das Treiben auf dem Platz gut beobachten konnte. Wir bestellten »Lustenauer Gulasch«, die Spezialität des Hauses. Zwickzwack sah uns nachdenklich an:

»Wo kommt ihr her? Ihr benehmt euch so eigenartig und beherrscht unsere Sprache nicht. Seid ihr aus dem Westland, wo blanke Anarchie herrscht und die Menschen sich auf der Straße die Köpfe einschlagen?«

Ich gab Schnuff unter dem Tisch einen festen Tritt, der ihm anzeigen sollte, jetzt nicht die Wahrheit zu sagen und antwortete:

»Ja, wir sind aus dem Westland. Die Gerüchte über diese Region sind jedoch weit übertrieben. Wir haben uns auf den Weg gemacht, um einmal die berühmten Orte am östlichen Gebirgsmassiv kennen zu lernen.«

»Da müsst ihr doch eine Wanderung von mehreren Wochen hinter euch haben«.

Man konnte am Klang ihrer Stimme hören, dass sie uns nicht glaubte, wozu sicher auch meine schiefe Nase beitrug. Dann beugte sie sich zu mir herüber und berührte mein von dem Wildschwein abgefressenes Ohr mit ihren Lippen.

»Entschuldige die Frage«, flüsterte sie, »es bleibt auch unter uns, aber bist du ein Erneuerer?«

»Was ist das denn?«

»Du weißt nicht was das ist?« Das Erstaunen stand Zwickzwack ins Gesicht geschrieben.

»Vielleicht ist er einer und weiß es nicht«, murmelte sie zu sich selbst, »das wäre schrecklich.«

»Warum?«

»Schau nur hinauf zu dem Hügel, die Menschen die dort baumeln, waren alle Erneuerer.«

»Was genau haben sie verbrochen?«

Zwickzwack machte meine Unwissenheit sprachlos und gleichzeitig nervös. Sie brauchte einen Moment, bevor sie antwortete:

»Ihr wisst doch, es gibt nicht nur unsere Welt, die wir täglich erleben und durchwandern, sondern noch eine andere, die der unseren sehr ähnlich ist, aber durch eine kosmische Katastrophe vor nicht allzu langer Zeit derart abgetrennt wurde, dass es seitdem im dreidimensionalen Raum keinen Zugang mehr zu ihr gibt. Trotzdem soll es Pforten geben, über die man noch zwischen den Welten wandern kann. Die Erneuerer sind Menschen, die diese Tore kennen und benutzen. Das ist aber bei Todesstrafe verboten.«

»Was ist denn dabei?«, fragte Schnuff verstört.

»Ihr wisst wohl überhaupt nichts«, sagte Zwickzwack streng, »bei jedem Durchgang von Welt zu Welt wird man verjüngt. Es klappt jedoch nur bei ganz bestimmten Stern Konstellationen. Nur dann gibt es keinen Zeitsprung und die Verjüngung wirkt rein biologisch wie ein Jungbrunnen. Wenn man einmal im Jahr zum richtigen Zeitpunkt durch eine dieser Pforten geht, besitzt man ewige Jugend.«

»Und was ist daran so schlimm?«, rief Schnuff erregt.

»Pssst, die Leute an den Nachbartischen gucken schon ganz neugierig«, flüsterte ich.

»Ewige Jugend würde nicht nur die Weiterentwicklung unserer Gesellschaft verhindern, sondern würde zum Stillstand und schließlich zum Tod der menschlichen Gemeinschaft führen. In kurzer Zeit wären wir alle so dekadent, dass wir aussterben würden, trotz der Verjüngungen oder eben genau deswegen.«

Schnuff und ich sahen uns betreten an. Wir hatten Zwickzwacks Erklärungen nicht ganz verstanden, wussten aber, was es für uns bedeutete, wenn wir entdeckt würden. Auch Savannah war in Gefahr. Vielleicht war das der Grund, warum sie versteckt in der Schlucht hauste.

»Woran erkennt man diese Erneuerer?«, wollte ich wissen.

»Hier im Osten finden gelegentlich Razzien statt, bei denen alle Personen festgenommen werden, die keinen festen Wohnsitz in einer der Ortschaften oder der westlich von hier gelegenen Städte nachweisen können. Bei den Verdächtigen wird dann ein Aderlass vorgenommen und ihr Blut auf die Blätter der gelben Brennnessel geträufelt. Wenn es Erneuerer sind, färbt es sich blau.«

»Ich befürchte, dass es bei diesem Verfahren auch leicht Fehler geben kann«, sagte Schnuff.

Zwickzwack machte eine wegwerfende Geste mit der Hand.

»Lasst uns über die schönen Dinge des Lebens sprechen, mir wird es sonst noch ganz dumm im Kopf. In Schlaubergen diskutieren sie diese Probleme tagelang. Dort würden mich keine zehn Pferde hinbringen.«

Wir gingen wieder auf den Brunnenplatz, wo inzwischen viele kleine Gruppen zusammen standen. Zwickzwacks Freundinnen waren auch dabei. Sie kamen freundlich winkend auf uns zu und schlossen wieder einen Kreis um uns.

»Mein Mann ist drei Tage weg«, rief eine der Frauen, »ich habe sturmfrei wie die Made im Speck!«

Wir wurden durch die um uns herum hüpfenden und singenden Lustenauerinnen bis zu einem Haus geleitet, in das wir hineingedrängt und im Schlafzimmer eingesperrt wurden. Durch die Tür hörten wir hektisches Getuschel, das uns regelrecht Angst machte.

»Sieh nur Räuberle«, sagte Schnuff, »man kann durch das offene Fenster in den Garten springen. Wir sollten fliehen und diesen Ort so schnell wie möglich verlassen.«

Sprachs und sprang. In diesem Moment ging die Tür auf und Zwickzwack betrat den Raum mit zwei Freundinnen. Sie stürzten sich mit wild funkelnden Augen sofort auf mich und jagten mich um das Bett herum. Zum Glück erkannten sie nicht gleich, dass sie mich leicht hätten in die Enge treiben und einfangen können, wenn eine das Bett anders herum umrundet hätte. Außerdem waren sie zu dick und besaßen keine Kondition. Trotzdem war es nur eine Frage der Zeit, bis sie mich einfangen würden. Als ich wieder in höchster Not am Fenster vorbeikam und sich bereits die Hände meiner Verfolgerinnen in meine Schultern gekrallt hatten, schlug ich einen Haken wie ein Hase und sprang zum Fenster hinaus. Dabei kam ich so unglücklich auf, dass mein Knöchel brach.

Da ich in Folge keine ärztliche Versorgung hatte, wuchs der Knochen schief zusammen und ich muss seitdem humpeln.

5.

Wir waren wieder auf einer holprigen Landstraße unterwegs, nachdem wir die Nacht in einem Hühnerstall verbracht hatten. Unsere neuen Kleider waren schon wieder völlig verschmutzt. Ich hatte aus einem Vorgarten ein zum Trocknen aufgehängtes Unterhemd gestohlen und damit meinen Fuß fest verbunden. Nur so konnte ich, wenn auch unter Schmerzen und Benutzung eines Astes als Krückstock, einigermaßen gehen.

Zum Glück ging es fast nur bergab und wir gelangten nach nur drei Stunden in den Ort »Schlampersack«. Die Inszenierung unserer Odyssee hätte besser nicht sein können. So wie wir aussahen, passten wir genau hier her. Schon von weitem wehte uns ein bestialischer Gestank entgegen, der von den Müllbergen in den Straßen kam. Vor den heruntergekommenen, baufälligen Häusern türmte sich der Abfall zehn Fuß hoch. In den Haufen wühlten Hunde und verwahrloste Kinder. Auch Schlampersack hatte einen Marktplatz, der jedoch in einem schrecklichen Zustand war. Das Wasser des Brunnens war versiegt und über den ausgetrockneten Abfluss stieg der Gestank der Kanalisation nach oben.

Eine Frau kam auf uns zu und sprach uns an:

»Ich heiße Messine, ihr seid wohl nicht von hier, so wie ihr ausseht.«

»Nein«, antwortete ich, »wir kommen gerade aus Lustenau, dort hat man uns frisch gebadet und neu eingekleidet.«

»Ihr Glücklichen«, rief Messine aus, »wie gerne würde ich mich wieder einmal waschen, es ist jedoch verboten, Wasser zu verschwenden, deswegen rubbeln wir uns mehrmals im Jahr mit feinem Sand ab, den es in einer Grube hinter dem Dorf gibt.«

Ich sah sie mir näher an und fand, dass sie noch einigermaßen appetitlich aussah. Wie sie roch, konnte ich nicht beurteilen, weil die Luft vom Duft der Kloake gesättigt war.

»Mach dir doch keine Gedanken, du kommst blitzblank daher und hübsch bist du obendrein«, versuchte ich sie zu trösten.

»Ich schneide sogar meine Haare«, sagte sie stolz.

Was sie sagte, traf zu, ihr Kopf war vor kurzem geschoren worden und das nachgewachsene, stachlige Haar hatte wieder einen Fingerbreit Höhe erreicht.

Schon die ganze Zeit waren immer wieder junge Männer auf den Brunnen geklettert und hatten Gedichte zitiert, die wir wegen des Gesprächs mit Messine nicht mitbekommen hatten. Jetzt aber rauschte Applaus über den Platz, als ein Mann im Greisenalter auf den Brunnenrand gehoben wurde. Dann wurde es mucksmäuschenstill.

»Das ist unser bester Dichter«, flüsterte Messine, »er ist schon 95 Jahre alt und heißt Romax.«

»Bürger von Schlampersack«, begann er, »mein neues Gedicht habe ich euch gewidmet. Hier ist es:

Essensreste in den Gassen,
Die verlassen,
Weil die Schlampersacker prassen.
Werfen Geld mit vollen Händen,
In Gelagen, die nicht enden.

Wer will schon gerne in Lustenau hausen,
Wenn Schlampersacker in den Tag hinein saufen?
Egal ist ihnen das Drumherum.
Sie bringen die Zeit mit Nichtstun um.«

Donnernder Applaus schallte über den Marktplatz, während Romax vom Brunnenrand herunter gehoben wurde und gönnerhaft nach allen Seiten winkend wieder in der Menge verschwand. Viele der Anwesenden hatten kleine Blöcke aus der Tasche gezogen und das Gedicht mitgeschrieben.

»Kultur wird bei uns groß geschrieben«, erläuterte Messine, »wir haben keine Zeit für die alltäglichen Verrichtungen. Einmal im Jahr kommt jedoch ein Reinigungstrupp aus einem Nachbardorf vorbei, der gegen Bezahlung alles aufräumt und repariert.«

Ich bekam den Eindruck nicht los, dass es ihr nicht so richtig in Schlampersack gefiel.

»Ich lade euch in mein Haus ein, Fremdlinge, folgt mir!«

Wir hatten den ganzen Tag nichts gegessen und nahmen ihre Einladung gerne an. Als wir jedoch ihr

Haus sahen, kamen uns Zweifel, ob wir diese baufällige Ruine betreten sollten.

»Es tut mir leid«, sagte Messine mit weinerlicher Stimme, »ich schiebe die Reparaturen schon seit Jahren vor mir her.«

Im Inneren des Hauses roch es stark modrig und nach Verwesung.

»Oh, Entschuldigung, ich habe vergessen, die Tür zum Abfallzimmer zu schließen.«

In diesem Raum türmte sich Müll bis unter die Decke. Wir erkannten das Prinzip. Messine warf den gesamten Abfall, der vermutlich nur einmal im Jahr abtransportiert wurde, in dieses Zimmer. Wenigstens waren ihr Schlaf- und ihr Wohnzimmer frei von verwesenden Abfällen, nicht aber von Schimmel. Durch das undichte Dach war Wasser eingedrungen. Die Wände hatten sich damit vollgesogen und waren mit blühendem, schwarzem Schimmel bedeckt. Trotzdem, zur Not konnten wir hier eine Nacht schlafen. Der Appetit war uns allerdings vergangen. Dann überraschte Messine uns doch noch. Sie brachte eine Pfanne mit Rührei und einen Ranken Brot. Während des Essens fing sie plötzlich zu weinen an.

»Nehmt mich bitte morgen mit, ich halte es hier nicht mehr aus«, flehte sie uns an, »mein Haus ist kurz davor einzustürzen, sollte das geschehen, würde mich das Dach erschlagen, auch wenn darauf nur noch die Hälfte der Ziegel liegt, die der Wind bisher noch nicht weggeweht hat.«

»Wir wissen nicht genau, wohin uns unser Weg führen wird, im Moment folgen wir der Straße, die nach Westen in die große Tiefebene führt«, erklärte ich, »vielleicht biegen wir irgendwann nach Süden ab, um das Meer zu sehen.«
Messine heulte noch lauter.
»Ich werde euch keine Last, sondern eine wirkliche Hilfe sein! Nehmt mich bitte mit!«
Schnuffs Blicke trafen sich mit meinen. Er nickte leicht und auch ich war bereit, Messine mitzunehmen, was ich durch ein doppeltes Nicken anzeigte. Die Frau hatte unsere Gestik mitbekommen und fiel uns abwechselnd um den Hals. Dann gingen wir zu Bett. Ich lag noch lange wach. Messine würde viel dazulernen müssen, dass man Abfall gleich beseitigen und überhaupt das eigene Aussehen als auch die anvertrauten Dinge pflegen muss.
Beim Frühstück merkten wir, dass über Nacht ein heftiger Sturm aufgezogen war. Draußen flogen Dachziegel mit unglaublicher Geschwindigkeit waagrecht durch die Luft. Direkt vor Messines Haus wurde vor unseren Augen ein Paar durch eine fliegende Schieferplatte enthauptet. Der Wind war so stark, dass er die abgeschlagenen Köpfe einige Fuß hoch wirbelte, bis sie schließlich auf dem Dach des Nachbarhauses landeten, von wo sie uns angrinsten. Mich packte kaltes Entsetzen. Aus allen Richtungen konnte man plötzlich ein Ächzen und Knarren hören. Die Scheiben zerplatzten und der Sturm wehte im Nu den ganzen Müll des Abfallzimmers auf die Straße.

»Nichts wie raus!«, rief ich Schnuff zu und packte mein Bündel. Messine raffte schnell noch einige Dinge zusammen, die sie in einen Rucksack stopfte und folgte uns, ohne lange nachzudenken. Kaum waren wir auf der Straße, als ihr Haus unter lautem Getöse in sich zusammenfiel. Wir rannten voller Angst die Ausfallstraße entlang, bis wir den gefährlichen bebauten Bereich hinter uns ließen. Außerhalb des Orts warfen wir uns in einen Graben, in dem wir vor den Orkanböen sicher waren.

Es dauerte noch zwei Stunden, bis sich der Sturm gelegt hatte und die Sonne zwischen den Wolkenfetzen hervorkam. Wir waren ganz in der Nähe der nach Westen führenden Straße, der wir bis zum Abend folgten und dabei immer tiefer in die große Ebene hinabstiegen. Die Temperatur stieg mit jeder Meile, die wir zurücklegten, der Bewuchs links und rechts des Wegs wurde immer dichter. Dann sah ich ein Maultier am Wegesrand stehen und äsen. Ich wusste sofort, wer der Besitzer war, der in diesem Moment aus dem Dschungel kam. Es war Freund Hein. Messine schrie unterdrückt auf, als sie den Mann sah. »Nichts wie weg!«, flüsterte sie mir zu. Es war aber zu spät. Freund Hein stellte sein Maultier, das die Zähne wie ein Wolf bleckte und dabei grunzende Laute ausstieß, quer auf den Weg. Wir standen wie angewurzelt und hörten ihn sagen: »Ist jemand von euch Erneuerer, so sag er es lieber gleich. Ich bekomme es auch ohne Bluttest heraus!«

Ich wunderte mich, warum Messine vor Angst zitterte. Sie hatte doch im Gegensatz zu Schnuff und mir nichts zu befürchten. Wir hatten diese Welt durch den Zeitsprung betreten und waren deswegen gebrandmarkt.

»Verschwindet!«, sagte Freund Hein zu unserer Überraschung, »eure Zeit ist noch nicht gekommen, ich warne euch aber: Wenn ihr Erneuerer seid, werde ich euch fassen!«

»Also, bis zum nächsten Mal!«

Er bestieg sein Maultier, rief »Hö hö!« und galoppierte davon.

Messine seufzte tief.

»Dieser Mann mag die Toten lieber als die Lebenden. Nur deswegen ist er auf der Suche nach Erneuerern, da ihnen der Tod am Galgen droht«, klärte sie uns auf, »wen Freund Hein erst einmal mitnimmt, der kommt meistens nicht wieder zurück. Das schwarze Maultier hört übrigens auf den Namen Beelzebub. Manche fürchten es noch mehr als seinen Herrn.«

Wir marschierten schweigend weiter.

»Es ist nicht mehr weit zu der großen Kreuzung«, meldete sich unsere Begleiterin nach einem längeren Schweigen zu Wort, »dort trifft die wichtigste Nord-Süd-Verbindung von Terrachron auf die Ost-West-Passage, ihr müsst euch entscheiden, wohin ihr wollt.«

Gegen Abend erreichten wir den Ort, an dem mitten im Dschungel eine Ansiedlung mit dem Namen »Große Kreuzung« entstanden war, mit

Gaststätten, kleinen Hotels und Geschäften. Zu meiner Überraschung gab es hier eine Art »Rassentrennung«. Die Hotels hatten Schilder ausgehängt, die besagten, wer willkommen war und wer nicht. So stand auf einem der Schilder »Keine Schlampersacker« und auf einem anderen »Blitzblankenbacher willkommen!«.

Messine zwickte mich in die Seite.

»Da staunst du, was? Aber keine Angst, das wird hier nicht so streng gehandhabt, wir können auch in das Hotel für die ›Schlaubergener‹ gehen.«

»Gibt es hier nicht häufig Auseinandersetzungen?«, fragte ich, »bei all den Gegensätzen.«

»Nein«, antwortete Messine, »wir sind grundsätzlich eine friedliebende Gesellschaft, nur gnadenlos gegenüber Kriminellen und Erneuerern. Diese Gruppen müssen ausgemerzt werden!«

Sie sagte das in einem scharfen Ton, der mich erschreckte. Zwickzwack schien in diesem Punkt liberaler gewesen zu sein, obwohl wir uns weder ihr noch Messine als Besucher aus einer anderen Welt zu erkennen gegeben hatten. Merkwürdigerweise hatte Messine uns noch nicht nach unserer Herkunft befragt.

»Wo kommt ihr eigentlich her?«, fragte sie genau in diesem Moment.

»Aus einer dieser verlassenen Siedlungen aus dem Westland«, antwortete ich schnell.

Messine ließ nicht locker.

»Wie heißt die und was macht ihr dann so weit im Osten?«

»Wir wollten nur einmal das Gebirge kennen lernen.«

Schnuff grinste.

»Und natürlich das legendäre Lustenau.«

»Ihr seid Ferkel«, grollte unsere Begleiterin, »mit euch schlafe ich heute Nacht nicht in einem Zimmer.«

Dann fiel ihr noch ein Widerspruch auf.

»Ihr müsst hier doch schon auf eurem Hinweg durchgekommen sein?«

»Nein«, sagte Schnuff, »wir waren weiter südlich unterwegs.«

»Mitten durch den dichten Urwald?« Messine lachte gequält.

»Hört bitte auf damit, mir diese Lügen zu erzählen! Ich will gar nicht so genau wissen, woher ihr kommt und wer ihr seid, nur spart euch bitte eure Märchengeschichten!«

Wir entschieden uns für das Hotel, das eigentlich nur Leute aus »Schlaubergen« haben wollte, aber so viel freie Betten hatte, dass sie uns aufnahmen, nachdem wir auf die Bibel geschworen hatten, nicht aus »Schlampersack« zu sein. Unser Zimmer hatte acht schmale Betten, von denen jedoch nur unsere drei belegt waren. Messines erster Gang war in die Gemeinschaftsbadewanne, aus der bald ein wunderbarer Gesang über den Flur schallte. Nach einer halben Stunde kam ein völlig verwandelter Mensch zurück. Schnuffs Augen begannen zu leuchten und ich hatte den Eindruck, dass er sich gerade in unsere Begleiterin verliebte, die nur spärlich mit einem kleinen Handtuch bekleidet war, das jeden Moment herunter fallen konnte. Auch wir beide nahmen ein heißes Bad und rasierten uns mit einer scharfen, hauchdünnen Klinge, die im Badezimmer bereit lag. Dann machten wir uns auf den Weg, um ein Esslokal zu finden. Wir hatten Appetit auf eine kräftige Suppe und danach Nudeln mit Tomatensoße, ein solches Gericht gab es jedoch im ganzen Ort nicht. Stattdessen wurden »Schlangenragout« und »Junger Igel im Salzteig« angeboten. Es gab auch »Geschmorte Amselbrüstchen mit Reis und Orangen« und »Schafsaugensülze im Weinblatt«. Wir hatten schon in vier Lokalen auf dem Absatz kehrt gemacht, nachdem wir die Speisekarte gelesen hatten und landeten schließlich in der Gaststätte unseres Hotels, deren Angebot in etwa dem entsprach, was wir gewohnt waren.

Schnuff und ich bestellten »Westland Schnitzel mit Süßkartoffeln und Algenschmus«, während Messine eine kräftige Suppe mit Grießklöschen bevorzugte. Das Essen schmeckte vorzüglich, aber wir merkten erst jetzt, wie erschöpft wir von der Wanderung waren. Wir legten uns in unsere Betten und fielen in einen tiefen Schlaf.

Als es am nächsten Morgen ans Bezahlen ging, stellten wir zu unserer Überraschung fest, dass Messine einen mit Kreuzern prall gefüllten Beutel dabei hatte. Sie bezahlte die Rechnung.

»Weil ihr mich mitgenommen habt«, erklärte sie,

»Ich bin euch so dankbar.«

»Wir sind diejenigen, die dankbar sein müssen, warum hast du dich aber nicht schon längst allein auf den Weg gemacht?«

Messine sah mich erstaunt an.

»Das fragst du? Ich habe panische Angst vor Freund Hein, aber nicht nur das. Hast du nicht die dunklen, vermummten Gestalten gesehen, die uns immer wieder entgegen kamen? Als Frau würde ich überfallen und ausgeraubt. Die Kriminalität ist im Ostland sehr hoch. Es gibt viel Gesindel und auch Erneuerer, die sich nicht in die Ortschaften trauen, aber ihr Unwesen auf den Landstraßen treiben.«

Sie packte jeden von uns fest am Arm.

»Also ihr Landsknechte, wohin geht die Reise?«

»Weiter Richtung Westen, als nächste Ortschaft werden wir Schlaubergen besuchen.«

Ich hatte mich mit Schnuff nicht abgestimmt, aber er nickte bei meinen Worten zustimmend. Es gab keinen besonderen Grund, warum wir nach Schlaubergen gehen sollten. Wir konnten aber hoffen, dort gebildete Menschen zu treffen, die sich mit den Mechanismen der Raum-Zeit-Übergänge auskannten.

Der Weg in diesen Ort führte durch ein Tal, das nur schroffe Felsformationen und keinerlei Vegetation aufwies. Es wurde immer heißer und wir benötigten dringend etwas zu trinken. Die gefassten Quellen, an denen wir vorbei kamen, waren alle versiegt. Schließlich mussten wir zu einem hohen Preis Wasser kaufen, das von Händlern angeboten wurde, die am Wegesrand lagerten. Eine Frau, die wie wir auf dem Weg nach Schlaubergen war, berichtete, dass der Ort große Probleme habe, seinen Wasserbedarf zu decken, ein Viertel seiner Einwohner sei bereits weggezogen.

Zu unserer Überraschung war die Ansiedlung mit einem hohen, hölzernen Befestigungswall aus dicken Pfählen umgeben, die an ihrem oberen Ende angespitzt waren. Das Eingangstor wurde von mehreren Soldaten bewacht, die alle Ankömmlinge zuerst in eine kleine Baracke führten, wo sie einen Intelligenztest ablegen mussten. Wer dabei durchfiel, bekam keinen Passagierschein. Das Ausfüllen der Fragebogen wurde von einem Zivilisten überwacht, dem der Lehrerberuf ins Gesicht geschrieben stand. Als ich neben Schnuff und Messine auf einer muffig riechenden Bank Platz nahm, musste ich mich sofort an meine Grundschulzeit erinnern. Der durch sein hohes Alter völlig verschrumpelte Prüfer klärte uns darüber auf, dass es keinen Passagierschein gäbe, wenn man beim Abschreiben erwischt würde. Außerdem müsse man mindestens 20 der 24 Fragen richtig beantworten. Wer durchfiel oder abschrieb, würde mit zehn Stockschlägen auf das Hinterteil bestraft. Damit wolle man verhindern, dass der Ansturm zu groß würde.

Da sich die Aufgaben auf eine Welt bezogen, die ich bis jetzt nur in Ansätzen kannte, wusste ich das Zehnte nicht, kam ins Schwitzen und lief rot an. Messine, die ihren Zettel schon ausgefüllt hatte, bemerkte meine Unsicherheit und tauschte mit mir die Aufgabenblätter unter dem Tisch. Dann verfuhr sie auch mit dem völlig unwissenden Schnuff so und füllte am Ende noch ihr eigenes Blatt aus. Der Aufseher hatte von all dem nichts mitbekommen, so geschickt hatten wir geschwindelt. Wir nahmen unsere Passagierscheine entgegen und betraten das Gelände von Schlaubergen.

Gegen Abend war es plötzlich angenehm frisch geworden und die ganze Stadt schien auf den Beinen zu sein. Die Menschen gingen nicht, sondern wandelten über die großen, verdörrten Flächen, die den Ort umgaben und von vielen Wegen kreuz und quer durchschnitten waren. Die meisten Schlaubergener hielten Bücher in den Händen, aus denen sie laut vorlasen. Manche standen in kleinen Gruppen zusammen und diskutierten. Der dadurch verursachte Geräuschpegel war erheblich. In der Luft hing ein ständiges Murmeln und Brummen aus tausenden von Mündern. Nach einiger Zeit hatte ich mich an das »Summ Summ« gewöhnt und konnte sogar die Texte der in der Nähe befindlichen Redner herausfiltern. Es waren größtenteils wissenschaftliche Texte aus der Literaturgeschichte, über die Künste, aber auch über mathematische Verfahren. Uns fiel ein großes Schild auf, auf dem stand: »Paradoxe Aussagen und Fragen streng verboten!«

Schnuff grinste.

»Jetzt muss ich doch einmal testen, wie ein Schlaubergener auf eine paradoxe Frage reagiert!«

Ich konnte ihn nicht mehr zurückhalten. Er baute sich vor einer jungen Frau auf, die laut aus einem Buch über alte Literatur las und sprach sie an:

»Wenn ein Schlaubergener sagen würde: ›Alle Schlaubergener sind Lügner!‹, was wären sie dann, Lügner oder Wahrsager?«

»Ha, ha, soll das eine schwierige Frage sein? Da der Mann lügt, stimmt die Aussage nicht und alle Schlaubergener sagen folglich die Wahrheit!«

»Wenn aber alle die Wahrheit sagen, stimmt es ja doch, dass alle Lügner sind«, triumphierte Schnuff.

Die Augen der Frau verdrehten sich in diesem Moment. Noch bevor sie etwas antworten konnte, brach sie zusammen. Sofort sprangen Passanten hinzu, die ihre Beine hoch legten und ihr zu trinken gaben. Sie erholte sich schnell und deutete mit dem ausgestreckten Arm auf Schnuff:

»Der wars!, der!, er hat mir eine paradoxe Frage gestellt!«

Dann fiel sie wieder in Ohnmacht.

Die Menschen stürzten sich auf Schnuff und hielten ihn fest, bis zwei Polizisten erschienen, die ihn am Hals anketteten und wie einen Tanzbär hinter sich her führten. Ich versuchte mit Messine, Schnuff vor der aufgebrachten Menge zu schützen, die ihn mit Schlägen und Tritten traktierte. Es gelang nur teilweise. Bei der Ankunft auf dem Polizeirevier blutete er aus mehreren Wunden am Kopf.

»Das ist ja praktisch!«, war der zynische Kommentar eines der Polizisten, »da können wir gleich den Erneuerer Test machen.«

Die dazu benötigten gelben Brennnesseln wuchsen in einem Topf am Fenster. Der Polizist riss eines der gezackten Blätter ab und presste es auf Schnuffs Kopfwunde, aus der immer noch Blut sickerte. Sofort verfärbte sich das Blut blau. Der Test war damit positiv und Schnuff als Erneuerer überführt. Ihm drohte die Todesstrafe.

6.

Terrachron war kein rechtloser Raum. Es gab Regeln und eine Polizei, die über deren Einhaltung wachte. Die Gesetze waren jedoch von Ort zu Ort verschieden. Was in Schlaubergen verboten war, konnte in Schlampersack erlaubt sein. Reisende verstießen dadurch immer wieder gegen Bestimmungen, weil ihnen oft nicht klar war, in welcher Stadt sie sich gerade befanden. Sie bekamen deswegen bei Gerichtsverhandlungen meistens mildernde Umstände zugesprochen.

Dies galt nicht für Erneuerer, die mit großer Härte zu rechnen hatten. Obwohl das Todesurteil im Grunde schon vorher feststand, hatten sie das Recht auf eine Gerichtsverhandlung. Es schaffte jedoch nur jeder Zehnte, nicht aufgehängt zu werden. Die Rechtsanwälte, denen es gelang, einen Erneuerer vor dem Galgen zu retten, waren die Staranwälte im Land und unbezahlbar.

Was Schnuff betraf, so war seine Lage fast aussichtslos. Seine Verhandlung sollte in vier Wochen beginnen. Er beherrschte die Sprache nicht, hatte kein Geld und keinen Anwalt. Auch Messine wollte erst nichts mehr mit ihm zu tun haben, ließ sich aber schließlich von mir davon überzeugen, dass er nichts wirklich Schlimmes getan habe. Ich musste zugeben, dass wir beide aus der alten Welt kamen und Terrachron durch eine Unstetigkeitsstelle im Zeit-Raum-Kontinuum betreten hatten. Nachdem ihr Entsetzen darüber abgeklungen war, dass sie mit zwei Erneuerern unterwegs gewesen war, besuchte sie Schnuff regelmäßig im Gefängnis, brachte ihm frisches Obst und kümmerte sich um die formalen Dinge, die zu erledigen waren, wie zum Beispiel das Ausfüllen von Fragebögen. Die Beantwortung der dort gestellten Fragen war mit entscheidend für den Ausgang der Verhandlung. Schon bei ihrem ersten Besuch im Gefängnis musste sich Messine selbst dem Erneuerer Test unterziehen. Es war hinterhältig, die Besucher eines Erneuerers ebenfalls zu testen, da sie mit ihm unter einer Decke stecken konnten. Zum Glück war ich bei ihrem ersten Besuch nicht mitgegangen und entging so der Festnahme.

Messine kümmerte sich um ein preiswertes Hotelzimmer in der Nähe des Gefängnisses. Dort hielt ich mich fast den ganzen Tag auf, da es für mich zu gefährlich war, auf die Straße zu gehen. Über Schnuffs Fall war im »Schlaubergener Heimatboten«, der größten Zeitung der Region, ausführlich berichtet worden. Dort konnte man auch lesen, dass er mit einem Begleiter unterwegs gewesen sei, der durch einen fremdländischen Akzent auffiele und höchstwahrscheinlich auch Erneuerer sei. Dieser Mann müsse sich noch in Schlaubergen aufhalten.

Im Hotelzimmer grübelte ich den ganzen Tag über der Frage, wie mein Freund Schnuff gerettet werden könne. Einmal sah ich vom Fenster aus »Freund Hein« mit seinem Maulesel durch die Gasse reiten. So als hätte er meinen Blick gespürt, ruckte sein Kopf herum und seine grünen, stechenden Augen suchten die Hotelfenster im ersten Stock ab. Da, wo ich gerade stand, war ich glücklicherweise vom Vorhang verdeckt.

Am dritten Tag hatte ich die entscheidende Idee. Es gab jemanden, dessen Überredungskunst niemand gewachsen war, »Einsteins Bruder«, den ich noch besucht hatte, bevor ich Vogelbach verlassen hatte. Um ihn als Anwalt in Schlaubergen einsetzen zu können, mussten jedoch eine Reihe von Problemen gelöst werden. Jemand musste sich auf den Weg nach Vogelbach machen, den Mann dort aus seinem Hausarrest befreien und mit ihm zurückkommen. All das war vielleicht noch lösbar, nicht aber, den Erneuerer Blutfarbstoff aus seinem Körper zu entfernen. Ich erklärte Messine den Plan, die ihn am nächsten Tag mit Schnuff besprach, der schon keine Hoffnung mehr gehabt hatte, seinem Schicksal noch zu entrinnen. Jetzt fasste er neuen Mut und ließ mir ausrichten, Einsteins Bruder sei so schlau, dass er um den Test herum käme oder das Ergebnis fälschen könne. Er würde den eingebildeten Schlaubergenern jederzeit ein »X« für ein »U« vormachen.

Es gab keine Zeit mehr zu verlieren. Ich musste den langen Weg zurück nach Hause antreten. Savannah war sicher wieder in ihrer Höhle. Es war unwahrscheinlich, dass sie bei Schicki Michi in

Blitzblankenbach geblieben war, nachdem sich Schnuff und ich dort nicht mehr aufhielten.

Schon am nächsten Tag packte ich ein Bündel, in dem sich vor allem Verpflegung befand. Außerdem kaufte ich eine warme Jacke. Obwohl es in Terrachron Sommer wurde, herrschte in meiner alten Welt das inverse Klima, das heißt, es wurde dort Winter.

Ich verabschiedete mich von Messine und machte mich auf den Weg. Am Ortsausgang von Schlaubergen sah ich das Maultier von Freund Hein am Straßenrand stehen. Es war an einem Geländer vor einer Art Saloon festgebunden, aus dem lautes Grölen von Betrunkenen auf die Straße drang. Weit und breit war niemand zu sehen. Kurz entschlossen band ich es los und setzte mich auf das etwas störrische Tier, das zu galoppieren anfing, als ich ihm kräftige Tritte mit meinen Fersen verabreichte und gleichzeitig fest am Zügel zog.

»Brav, Beelzebub, brav«, redete ich dem Tier zu, das immer ruhiger wurde.

Anstatt mühsam zu wandern, konnte ich jetzt bequem reiten und kam schneller voran. Beelzebub gewöhnte sich schnell an mich. Alle zwei Stunden ließ ich ihn grasen. Als wir an einem Gemüsestand eines Bauern vorbei kamen, kaufte ich einen Sack Karotten, um das Tier mit Leckerbissen zu verwöhnen.

Ein angenehmer Nebeneffekt meines neuen Begleiters war, dass er andere Wanderer in Angst und Schrecken versetzte. Es gab in Terrachron nur einen, der so ein rabenschwarzes Maultier besaß und das war Freund Hein. Auch wenn ich diesem Kerl nicht im Geringsten ähnlich sah, hatten die Leute einen höllischen Respekt vor mir. Leider musste ich mich von dem Muli trennen, als ich ins Gebirge kam. Die mit Geröll bedeckten schmalen Pfade, die sich an steilen Felswänden entlang schlängelten, waren zu gefährlich. Es war gar nicht so einfach, das treue Geschöpf loszuwerden, das sich inzwischen an mich und meine Karotten gewöhnt hatte. Ich kletterte eine Felswand hinauf und warf von dort einen Stein auf Beelzebubs Hinterteil, was ihn augenblicklich vertrieb.

Auf der Hochebene angekommen, auf der weder Pfad noch Steig zu erkennen waren, hatte ich Probleme, den Weg Richtung Osten einzuhalten. Immer wieder wurde ich von tief eingeschnittenen Schluchten aufgehalten und versuchte mehrmals, auf den Grund von Felsspalten und Abgründen hinunter zu klettern, wurde aber durch glatte Steilhänge aufgehalten, die ich wegen meines gebrochenen Knöchels und geringen bergsteigerischen Vermögens nicht bezwingen konnte. Schließlich fand ich die richtige Schlucht doch noch, indem ich einem kaum erkennbaren Pfad gefolgt war, den wahrscheinlich Savannah durch ihre vielen Ausflüge platt getreten hatte.

Mein Herz schlug bis zum Hals, als ich fest an das Gitter klopfte, das ihre Höhle verschloss. Es dauerte nur Sekunden, bis sie erschien und aufschloss. Wir fielen uns in die Arme und hielten uns lange fest. Mit meiner schiefen Nase und der Beule am Kopf hatte ich schon befürchtet, dass sie mich abstoßend finden würde.

»Du hast mir gefehlt«, sagte sie leise.

Ich war völlig überrascht von dieser Gefühlsbekundung, da meiner Meinung nach Schnuff ihr Favorit war. Dem galt auch ihre nächste Frage:

»Wo ist Schnuff?«

Ich erzählte ihr alles, was passiert war, seit wir uns in Blitzblankenbach getrennt hatten. Meine Geschichte endete damit, dass ich Einsteins Bruder holen sollte, aber nicht wusste wie.

»Wie komme ich in meine Welt zurück?«

Savannah schien zu überlegen, ob sie es mir verraten sollte, es musste ihr aber nach meinem Bericht klar sein, dass Schnuffs Leben davon abhing. Wir setzten uns aufs Bett und sie erzählte:

»Als erstes musst du wissen, dass die Verbindungen zwischen den Welten nicht bidirektional sind.«

»Was heißt das?«

»Das heißt, dass man immer nur in einer Richtung von einer Welt zur anderen kommt, die Übergänge sind Einbahnstraßen.«

Wenn ihre Aussage stimmte, konnte man Terrachron nicht über den Grund des Sees verlassen. Es musste eine andere Stelle geben.

»Der Ausgang liegt in einer großen Tropfsteinhöhle, ganz hier in der Nähe«, führte Savannah meine Gedanken weiter fort, »das Problem ist, dass man exakt an denselben galaktischen Koordinaten ankommt, an denen man Terrachron verlassen hat, also im Inneren unterirdischer und weitläufiger Gänge. Dort sind schon viele Erneuerer gestrandet und haben den Ausgang nicht finden können, vor allem dann, wenn sie kein Licht dabei hatten. Ihre Skelette liegen in der ganzen Höhle verstreut.«

»Du musst mitkommen und mich führen!«, forderte ich Savannah auf, die aber entschieden den Kopf schüttelte.

»Nein!, ich darf erst wieder nach dem nächsten Äquinoktium in die andere Welt gehen, sonst könnte es passieren, dass ich bei dem Übergang um Jahrzehnte altere und mein eigentliches Alter annehme, das wären etwa 120 Jahre.«

Es war unvorstellbar, dass diese schöne, junge Frau schon so alt sein sollte. Offensichtlich war das Leben als Erneuerer doch komplizierter, als nur einmal im Jahr durch ein Zeittor zu schreiten. Der Stand der Sterne war unter anderem maßgeblich dafür, wann man den Übergang ausführen durfte, besser gesagt, welche Wirkung er haben würde.

»Es ist völlig unklar, wann du in deiner Welt erscheinen wirst, wir haben keine Zeit mehr für die Berechnung deiner Sternkonjunktionen«, klärte mich Savannah auf, »es kann morgen sein, in zwölf Monaten oder auch in zwölf Jahren. Fest steht nur, dass es ein Datum in der Zukunft sein wird.«

Während sie sprach, zeichnete sie eine grobe Karte der Tropfsteinhöhle und erklärte mir anschließend im Detail, worauf ich achten müsse. Sie gab mir eine Öllampe, die ganz besonders wichtig sei, da ich ohne Licht mit Sicherheit umkommen würde. Besonders gefährlich sei der Ausgang. Wenn man dachte, es endlich geschafft zu haben, konnte man von einem Wolfsrudel angegriffen werden, das in diesem Bereich lagerte.

Um die Tiere abzulenken, musste ich die stinkende Keule einer am Ende der Schlucht verwesenden Gams mitnehmen. Dieses Stück verfaultes Fleisch würde mein »Fersengeld« für die Wölfe sein.

Es war Nacht geworden und ich war von meiner langen Wanderung todmüde, sank auf das bequeme Bett und war sofort eingeschlafen. Am nächsten Morgen weckten mich Wohlgerüche. Savannah hatte ein Frühstück zubereitet.

»Du solltest so schnell wie möglich aufbrechen, damit du vor Einbruch der Nacht in Vogelbach bist!«, spornte mich die junge Frau zur Eile an, »etwas sehr Wichtiges habe ich gestern Abend vergessen, dir zu sagen: Du musst innerhalb von drei Tagen wieder zurück sein, dann wird es keine Zeitverschiebung beim Eintritt nach Terrachron geben, andernfalls wirst du deinen Freund Schnuff nur noch baumeln sehen.«

Ich schluckte. Hoffentlich gab es keine weiteren Tücken, die Savannah mir zu sagen vergessen hatte.

Wir gingen zum See und weiter in eine der dort endenden Schluchten. Nach wenigen Minuten hatten wir den Eingang zur Tropfsteinhöhle erreicht.

»Du musst jetzt allein weiter gehen. Folge dem roten Seil, das vom Eingang bis zu einem elliptisch geformten Stein mit einem eingemeißelten Kreuz gespannt ist und vor allem: Komme bald wieder!«

Sie versuchte, ihre Tränen zu verbergen und ich wunderte mich, dass sie plötzlich so viel Gefühl zeigen konnte. Sie war mir bis jetzt immer kalt und berechnend vorgekommen. Ich umarmte sie und versprach, bald wieder zurück zu sein. Dabei schweifte mein Blick über die felsige Kante des Plateaus. Dort oben, ungefähr tausend Fuß über unseren Köpfen, stand Freund Hein mit dem Muli und beobachtete uns.

»Sieh doch, Freund Hein ist mir gefolgt!«, schrie ich entsetzt. Savannah drehte sich blitzschnell herum, aber die Erscheinung war verschwunden.

»Du hast schon Sinnestäuschungen«, lachte sie, »woher weißt du überhaupt, wer Freund Hein ist?«

»Ich bin ihm mehrmals begegnet, beim letzten Mal habe ich in Schlaubergen sein Maultier ausgeliehen und bin damit fast bis hierher geritten.«

Sie lachte schallend.

»Du hast das Maultier von Freund Hein gestohlen?« Sie verschluckte sich vor Lachen. »Freund Hein begegnet man meistens nur einmal im Leben, nämlich dann, wenn es zu Ende ist. Er wird jetzt eine große Wut auf dich haben, weil du so respektlos mit ihm umgegangen bist.«

Sie wurde nachdenklich.

»Hoffentlich will er dich oder mich nicht holen. Er ist wie besessen davon, Erneuerer festzunehmen und der Todesstrafe zuzuführen.«

Seit ich sein Maultier genommen hatte, hatte ich keine Angst mehr vor ihm, zog entschlossen meine warme Jacke an, legte mir einen kräftigen Stock über die Schulter, an den ich mein Bündel hängte und nahm die stinkende Gamskeule in die eine, die Lampe in die andere Hand. Dann folgte ich dem roten Seil in das Innere der Höhle.

7.

Obwohl ich gut vorbereitet in meine Welt zurück kam, erschrak ich mächtig, als ich aus einer Höhe von vier Fuß hart auf dem Boden aufschlug, wobei um ein Haar mein Licht ausgegangen wäre. Ich hob die flackernde Lampe hoch und versuchte, den Raum auszuleuchten. Um mich herum waren keinerlei Umrisse zu erkennen, der Lichtkegel endete im Nichts, ein Zeichen dafür, wie groß dieser Teil der Höhle sein musste. Nur die Decke über mir warf Licht zurück. Dort hingen mächtige Stalaktiten, die wie undichte Wasserhähne tropften. Wo war der Weg zum Ausgang? Woran sollte ich mich orientieren? Panik ergriff mich und ich redete mir zu, ruhig zu bleiben.

Es gab einen Hinweis, in welche Richtung ich laufen musste. Über meinem Kopf flatterten Hunderte von Fledermäusen, die vermutlich zwischen ihren Schlafplätzen und dem Ausgang der Höhle hin und her flogen, nachdem sie meine Ankunft aufgeschreckt hatte. Ich folgte dem Geflatter und konzentrierte mich dabei auf den Weg, um nicht abzustürzen oder mir das Bein in einem Loch zu brechen. Wenn ich zweifelte, wie es weiter ging, nahm ich Savannahs Karte zu Hilfe. Nach zwanzig Minuten Stolpern hellte schließlich vom Ende des Gangs schwaches Licht die Finsternis auf. Das musste der Ausgang sein und dort würde das Wolfsrudel auf mich warten.

Die Wölfe waren tatsächlich da und lagerten nur wenige Fuß vom Eingang entfernt. Knurren, Heulen und unterdrücktes Bellen waren zu hören. Als sie mich aus der Höhle kommen sahen und meine Witterung aufgenommen hatten, zogen sie ihre Schwänze ein und wichen ängstlich zurück. Einige reckten jedoch ihre Schnauzen in den Wind, weil sie die Keule rochen und machten Anstalten, sich mir zu nähern. Es waren von ihrem Wesen her scheue und vorsichtige Tiere, die mich erst angegriffen hätten, wenn ich Schwäche gezeigt hätte. Ich schleuderte die Gamskeule so weit ich konnte und lief so schnell wie möglich in die entgegengesetzte Richtung. Hinter mir hörte ich noch Hetzlaute und die knackenden Geräusche, mit denen das Rudel im Fressrausch den Knochen der Keule zermalmte.

Mein weiterer Weg war leicht zu finden, da er quer durch den Wald nach Süden verlief. Der Zielpunkt lag grob geschätzt eine Hand breit links von der Sonne, die jetzt am frühen Nachmittag im Südwesten stand.

Es ging nur durch Wald, erst durch den urwaldähnlichen und dann, nach dem Überschreiten des Grenzpfads, durch den bewirtschafteten Bereich. Ich verließ den Forst in der Nähe der Quelle, die über einen kleinen Wasserfall den Bach speiste, der einige Meilen talwärts am Hotel vorbeifloss. Völlig ermattet ließ ich das von den Felsen strömende Wasser in meinen Mund gleiten, bis ich das Gefühl hatte, Schwingen zu bekommen, die mich mit

Leichtigkeit überall hin tragen würden. Unten im Tal lag Vogelbach. Es sah eigenartig verändert aus. Es gab Häuser, die mir unbekannt waren und Freiflächen, auf denen vor meinem Weggang Häuser gestanden hatten.

Ich folgte dem Bach bis zum Hotel meiner Eltern, das einen heruntergekommenen Eindruck machte. So hatte ich es nicht in Erinnerung. In der Eingangshalle kam mir Theres, eine der beiden Mägde, entgegen. Wie hatte sie sich verändert! Sie sah mindestens zehn Jahre älter aus. Sie ging an mir vorbei und beachtete mich nicht. Kein Wunder, ich wirkte völlig verwahrlost, dazu kamen die große Beule am Kopf, die schiefe Nase und der humpelnde Gang. Hinter der Empfangstheke stand meine Mutter, um Jahre gealtert. Sie erkannte mich ebenfalls nicht.

»Benötigen Sie eine Bleibe?«

Früher hätte man einem Landstreicher wie mir in unserem feinen Hotel kein Zimmer angeboten. In diesem Moment betrat Trulla die Lobby und ich spürte, wie sie mich plötzlich von der Seite anstarrte.

»Was ist mit ihrem Ohr?«, fragte sie.

»Was soll damit sein, es wurde mir von einem Wildschwein abgebissen.«

In diesem Moment erkannte sie mich und schrie mit sich überschlagender Stimme:

»Räuberle!, es ist Räuberle!«

Meine Mutter bekam einen Schwächeanfall und musste gestützt werden. Nachdem wir uns weinend umarmt hatten, flüsterte sie:
»Leider konnte dein Vater deine Heimkehr nicht mehr erleben. Er ist schon vor zehn Jahren gestorben, zwei Jahre, nachdem du verschwunden warst.«
»Ich verstehe nicht, ich war doch nur wenige Monate weg!«
»Mach dich nicht lustig über uns, es waren zwölf Jahre.«
Es war offensichtlich, dass beim Eintritt in meine Welt ein Zeitsprung stattgefunden hatte, der mich einige Jahre in die Zukunft katapultiert hatte, während ich biologisch nur wenige Monate älter geworden war. Ich musste dieses Phänomen Einsteins Bruder berichten, der es vielleicht erklären konnte.
Meine Mutter und die beiden Mägde wollten natürlich genau wissen, was mit mir geschehen sei, warum ich verschwunden und erst nach so langer Zeit zurückgekehrt sei.
»Du hättest wenigstens einmal einen Brief schreiben können«, warf meine Mutter mir vor.
Ich war nicht mehr in der Lage, noch lange Unterhaltungen zu führen und bat um Verständnis, dass ich mich hinlegen müsse. Mein ehemaliges Zimmer im Dach war zwar inzwischen zu einem Gästezimmer umfunktioniert worden, war jedoch gerade nicht belegt. Ich schleppte mich die Treppen hoch, riss mir schon auf dem Flur die Kleider

vom Leib, schlüpfte in das frisch gemachte Bett und fiel in einen tiefen Schlaf.

Schon am nächsten Tag hatte es sich wie ein Lauffeuer in Vogelbach herumgesprochen, dass der Junior des Hotels wieder aufgetaucht war. Um die Mittagszeit versammelten sich Hunderte vor dem Eingang, um einen Blick auf mich zu erhaschen oder um Näheres zu erfahren. Als ich schließlich das Fenster öffnete und hinauswinkte, mischte sich lautes Hurra Geschrei mit den Blitzlichtern einiger Fotografen. Inzwischen war der Bürgermeister mit dem Dorfpolizisten angekommen, die meine Mutter wohl oder übel einlassen musste und die mich sprechen wollten. Ich erzählte ihnen eine haarsträubende Geschichte, an der nichts stimmte, außer, dass Schnuff in großer Gefahr war. Er würde in einem heruntergekommenen Dorf mit dem Namen »Niedergansheim« jenseits des verwunschenen Waldes festgehalten und ihm drohe die Todesstrafe. Nur Einsteins Bruder verfüge über die Fähigkeiten, meinen Freund wieder frei zu bekommen.

Der Bürgermeister glaubte kein Wort meiner Geschichte, aber ihm war klar, dass sie nicht überprüfbar war, da sich niemand in den Wald traute. Dem Dorfpolizisten wurde davon so dumm im Gemüt, dass er meine Mutter um ein Wasserglas mit Wodka bat, das er in einem Zug leerte. Dann fragte er mich mit zitternder Stimme, ob es den schrecklichen Riesengänserich wirklich gebe, was von mir bejaht wurde. Das bösartige Tier habe uns mehrmals angegriffen und sei schließlich von mir vertrieben worden, indem ich ihm mit einem langen, kräftigen Ast immer wieder auf seinen schmerzempfindlichen, gelben Schnabel geschlagen habe. Mein entstelltes Äußere und mein Humpeln seien Folgen des wilden Kampfes, der sich über mehrere Tage hingezogen habe.

Die Länge meiner Abwesenheit von zwölf Jahren erklärte ich so, dass ich in Niedergansheim im Gefängnis gesessen habe. Der Riesengänserich würde dort als Gott verehrt.

Ich musste mich eilen, um noch innerhalb der drei Tage zurück in Terrachron zu sein. Zum Glück sah der Bürgermeister ein, dass ich zur Rettung Schnuffs die Hilfe des alten Mannes mit seiner legendären Intelligenz und Überredungsgabe dringend benötigte. Schon am nächsten Tag kam Einsteins Bruder frei, wurde aber sofort wieder in einem Hotelzimmer eingesperrt. Man konnte ihn nicht frei herum laufen lassen.

Ich erklärte ihm die Lage, ohne sie zu beschönigen oder zu übertreiben. Sein besorgter Blick verriet mir, dass die Aufgabe nicht einfach sein würde. Außerdem gefährde er sein eigenes Leben, wenn er mitkam.

»Lieber in Freiheit sterben, als in Gefangenschaft weiter dahin vegetieren!«, rief er schließlich. »Ich bin dabei!«

Der Einsatz musste genau geplant werden, wenn er Aussicht auf Erfolg haben sollte. Man konnte Einsteins Bruder keine großen Strapazen zumuten. Wegen der Widrigkeiten des Weges, dem Durchqueren des schwer passierbaren Waldes bis zum Granitblock, dem anschließenden Auftauchen und ans Ufer schwimmen im See, der Klettereinlage über die steile Flanke der Schlucht, musste ich ein langes Seil und geeignetes Werkzeug mitnehmen, um notfalls ein Holzgestell zu bauen, mit dem ich Einsteins Bruder hinter mir her ziehen konnte. Wenn ich erst an der Höhle war, würde sicher Savannah mir helfen, meinen Begleiter nach Schlaubergen zu schaffen.

Bis zum Eintrittspunkt nach Terrachron sollte er auf einem Zwergesel reiten, der ihn nur tragen konnte, weil der alte Mann von Statur klein und hager war und weniger wog als ein Kind.

Drei Tage waren fast vorbei und wir mussten aufbrechen, um beim Eintritt in die andere Welt eine Zeitverschiebung zu vermeiden. Meine Mutter hatte mir zehn Goldtaler mitgegeben. Bei unserem Aufbruch morgens um sechs Uhr war fast das ganze Dorf versammelt. Die Menschen waren seit Generationen durch den unheimlichen Wald verängstigt und erhofften sich durch meine Mission eine Aufklärung der ganzen Gegebenheiten. Lauter Applaus erscholl, als wir uns auf den Weg machten, Einsteins Bruder und unser Gepäck auf dem störrischen Esel, den ich an einer langen Leine führte und mit einer Karotte dazu brachte, mir zu folgen.

Mein Begleiter war bester Laune und fing laut zu singen an. Wir kamen zügig voran, bis wir den Grenzpfad zum verwunschenen Forst überschritten hatten. In dem jetzt folgenden Dickicht wurde der weitere Marsch zur Qual. Der Esel weigerte sich, durch die Gehölze zu brechen und führte auf staksigen Beinen wilde, bockige Tänze auf. Es half nur noch das für ihn sehr schmerzhafte Verdrehen seines Schwanzes, um ihn auf Kurs zu halten. Zum Glück fanden wir den elliptischen Stein sofort. Geplant war, den Esel an dieser Stelle wieder zurückzuschicken, aber bevor Einsteins Bruder absteigen konnte, war das aufsässige Tier losgaloppiert und vor meinen Augen mit seinem Reiter verschwunden, als es über den Granitbrocken sprang. Sofort hüpfte ich hinterher und fand mich augenblicklich im See wieder. Über mir strampelte der Esel, um nach oben zu kommen, während sich Einsteins Bruder an seinem Schwanz festhielt. Ich musste über den Anblick so lachen, dass ich soviel Wasser verschluckte und in meine Lunge sog, dass ich bis heute unter einem ständigen Hustenreflex leide, einer Art Erinnerungshusten.

Das Wichtigste war: Wir schafften es alle drei bis ans rettende Ufer, von wo aus wir den Weg zu Savannahs Höhle nahmen.

Als ich die schöne junge Frau vor mir sah, musste ich daran denken, dass sie ohne die jährliche Runderneuerung auch schon so alt wie mein Begleiter wäre. Ich vertrieb diesen Gedanken und holte einen Goldtaler aus der Hosentasche.

»Den schenk ich dir, wenn du uns nach Schlaubergen begleitest.«

Savannah blickte betrübt.

»Du denkst sicher, dass ich nur für Geld zu haben bin, das ist ein Irrtum. Ich kämpfe nur ums Überleben in einer Welt, in der Erneuerer hingerichtet werden. Ich will deinen Goldtaler nicht und auch nicht von dir zur Begrüßung gedrückt werden!«

Das war deutlich und man konnte ihr ansehen, wie sie sich zusammen nahm, um nicht in Tränen auszubrechen. Dann musterte sie meinen Begleiter, der vom Anblick Savannahs seine Sprache verloren hatte und völlig schockiert zu sein schien.

»Wie bringen wir Einsteins Bruder die steile Wand hinauf, hast du eine Idee?«

Während ich das sagte, schwirrten mir noch ihre letzten Worte im Kopf herum.

»Ja, habe ich, wir müssen den alten Eselsweg nehmen, auch wenn es ein großer Umweg ist. Da der Weg seit Generationen nicht mehr unterhalten wird, können wir nur hoffen, dass er noch gangbar ist – für einen Esel mit Reiter!«

8.

Ich war den Weg über die Hochebene zwei Mal gegangen und konnte mir nicht vorstellen, dass er von einem Esel bewältigt werden konnte. Ich wurde eines besseren belehrt. Das Tier konnte regelrecht klettern, sicher nicht so gut wie ein Gamsbock, aber auch nicht viel schlechter. Vor allem verstand er es, seine Hufe an steilen Abbrüchen auf die kleinsten Vorsprünge zu setzen, um so Halt zu finden, und das mit Einsteins Bruder auf dem Rücken, der Todesängste ausstand.

»Auf was habe ich mich da nur eingelassen«, fluchte der alte Mann unentwegt. In Wirklichkeit war er, nach Jahren des strengen Hausarrestes, begeistert von diesem unglaublichen Ausflug.

Unser Tross erreichte ohne größere Probleme das von bizarren Sandsteinformationen geprägte Hochland. Hier rasteten wir. Bevor wir wieder aufbrachen, schlug Savannah vor, den weiteren Weg nach Westen zunächst einmal allein zu erkunden. Wir warteten Stunden auf ihre Rückkehr, sie kam aber nicht mehr zurück.

»Uns bleibt keine andere Wahl«, sagte ich, »wir müssen ohne sie weiterziehen, wenn wir nicht zu spät nach Schlaubergen kommen wollen.«

Der weitere Verlauf des alten Eselswegs war auch nach Jahrhunderten noch deutlich im Gestein sichtbar und ich wunderte mich, was Savannah hatte erkunden wollen und wo sie geblieben war. Bald kamen wir auf den ausgebauten Weg, der die

Dörfer und kleinen Städte des Ostens verband. Dann kam die Abzweigung nach Blitzblankenbach. Mir fiel sofort auf, dass mehr Leute auf dem weithin sichtbaren Galgenberg baumelten, als ich in Erinnerung hatte.

»Lass uns doch diesen Ort besuchen und in einem Restaurant einkehren«, schlug Einsteins Bruder vor, »ich bin völlig entkräftet.«

»Wir haben keine Zeit! An der nächsten Quelle rasten wir.«

Ich hatte Verpflegung für einen Tag mitgenommen und wir machten an einem Brunnen, der von frischem Wasser gespeist wurde, eine kurze Rast, um zu essen und zu trinken. Nachdem wir wieder aufgebrochen waren, dauerte es nicht lange und wir liefen auf eine Personengruppe auf, die zu meinem Entsetzen von Freund Hein angeführt wurde. Er ritt auf seinem schwarzen Maultier, dem etwa zehn Personen folgten. Beim näheren Hinsehen erkannte ich, dass diese Leute keine Schuhe, sondern Eisenbänder um die Fußfesseln trugen und über ein Seil, das durch schmale Ösen an den Metallbändern von Person zu Person lief, mit dem Sattelknauf des Maultiers fest verbunden waren. Immer wieder drehte sich Freund Hein um, um seinen Gefangenentransport zu kontrollieren. Dann sah er mich. Seine grünen Augen begannen zu leuchten.

»Da bist du ja, du gemeiner Dieb, mein ständiger Schmerz im A., pass auf, ich krieg dich jetzt!«

»Nie und nimmer«, antwortete ich frech.

Alle Köpfe ruckten herum, um mich zu sehen und mitten im Pulk erkannte ich Savannah, blass, mit verweinten Augen.

Das Maultier hatte seine Ohren gespitzt, als es meine Stimme vernommen hatte. Es bockte gewaltig und warf Freund Hein ab, der krachend in einem Dornenstrauch landete, wo sich seine Kutte völlig verhakte. Beelzebub machte eine Kehrtwende und kam auf mich zu, um mich freundlich zu begrüßen, indem er an meiner Schulter knabberte. Er hatte nicht vergessen, dass ich ihn mit Karotten verwöhnt hatte.

Durch den plötzlichen Sprung des Tiers war das Seil gerissen und alle Gefangenen mit einem Schlag frei. Sie rannten schreiend davon. Nur Savannah blieb und fiel in meine Arme.

»Nichts wie weg!«, schrie ich, auch wenn ich ihre Umarmung gerne noch länger ausgekostet hätte. Wir mussten verschwinden, bevor sich Freund Hein aufgerappelt hatte, obwohl es nicht so aussah, als ob er sich aus eigener Kraft wieder befreien konnte.

Savannah und ich setzten uns auf das Maultier und ich benutzte das Seil, den Zwergesel mit seinem Reiter hinter uns her zu ziehen. So zogen wir zwei Tage später in Schlaubergen ein, nachdem meine Begleiter den Intelligenztest an der Grenzstation spielend bestanden hatten. Ich selbst musste mich diesem Verfahren nicht mehr unterwerfen, da ich bereits einen Passagierschein besaß.

Als erstes suchten wir einen Schmied auf, der, ohne neugierige Fragen zu stellen, Savannah von ihrer Fußfessel befreite. Er war auch bereit, unsere Tiere einige Tage in seinem Stall unterzubringen. Freund Heins Maulesel entlockte dem wortkargen Mann dann doch eine Frage:
»Wohl dem Tod von der Schippe gesprungen?«
Unsere Antwort blieb aus, wir bezahlten dem Mann drei Kreuzer und beeilten uns, ein Hotel für die Nacht zu finden.

Wir hätten keinen Tag später ankommen dürfen, da die Verhandlung bereits für den nächsten Tag angesetzt war. Messine war völlig mit den Nerven herunter, weil sie für Schnuff keinen Verteidiger gefunden hatte und nicht mehr daran geglaubt hatte, dass Einsteins Bruder noch erscheinen würde. Dieser blieb völlig ungerührt.
»Ich freue mich schon so auf die Verhandlung. Vor allem werde ich es diesen eingebildeten Schlaubergenern zeigen!«, rief er aus.
Wir hatten keine andere Wahl, als ihm voll zu vertrauen, mit Sicherheit hatte so ein genialer Kopf noch nie diesen Ort betreten.

Die Verhandlung ging schneller zu Ende, als wir es gedacht hatten. Als Einsteins Bruder sich am nächsten Morgen vor Gericht dem Erneuerer Test unterziehen sollte, gab er an, Bluter zu sein. Er würde an der leichtesten Verletzung verbluten. Der Richter war so überrascht, dass er ihm den Test erließ. Es ginge heute auch nur darum, ob Herr Schnuff Erneuerer sei und nicht sein Anwalt.

Der Ankläger verlas ein glühendes Pamphlet gegen das Erneuerer Unwesen und wie es der Gesellschaft schade. Nur der Tod könne Schnuffs Vergehen sühnen.

Dann kam das Plädoyer von Einsteins Bruder:

»Hohes Gericht, der Ankläger hat heute wieder einen Text verlesen, der bestimmt schon 50 Jahre alt ist. Wie kann ein solches Machwerk auch nur im Geringsten dem Angeklagten Rechnung tragen. Schnuff war gerade ein Säugling von drei Monaten, als ihn seine herzlose Mutter aus der alten Welt in einem zum Glück schwimmfähigen Weidenkörbchen auf den Zeitsprungfelsen setzte und ihn so nach Terrachron transferierte, wo er von einer mitleidigen Familie am Ufer eines Sees gefunden und aufgenommen wurde.

Schnell erkannte diese Familie eine besondere Gabe des Findelkindes. Es hatte einen ungewöhnlichen Geruchssinn. Seitdem hat Schnuff mit Hilfe seiner Nase viele gute Taten vollbracht. Unzählige Verschüttete verdanken ihm sein Leben, schlimme Erkrankungen konnte er allein auf Grund seiner Nase diagnostizieren. Er könnte auch Schlaubergen bei einem großen Problem helfen, dem zurzeit herrschenden Mangel an Wasser.«

Weiter kam Einsteins Bruder nicht, da nach seinem letzten Satz im Publikum tumultartige Szenen ausgebrochen waren.

»Er soll Wasser für uns finden!«, schrien die Leute, »Wasser, Wasser, Wasser!«

Es dauerte Minuten, bis der Richter sich wieder Gehör verschaffen konnte.

»Ich gebe hiermit mein Urteil bekannt: Herr Schnuff wird freigesprochen, wenn er morgen eine neue Quelle in Schlaubergens unmittelbarer Umgebung erschnüffelt, die mindestens hundert Liter pro Stunde liefert! Wenn nicht, verurteile ich ihn jetzt schon zum Tod am Galgen!«

Man konnte Schnuff die Erleichterung ansehen, auch wenn das Problem noch nicht ganz gelöst war. Einsteins Bruder hatte nur einen Teilerfog erzielt. Wenn Schnuff am nächsten Tag kein Wasser finden würde, wäre alles umsonst gewesen. Wir mussten uns auf die Möglichkeit vorbereiten, dass er versagen würde. Für diesen Fall schmiedete ich noch bis spät in die Nacht einen Plan, der die Mithilfe des schwarzen Maultiers Beelzebub vorsah.

Es kam so, wie ich es befürchtet hatte. Schnuff marschierte vorneweg, bewacht von vier Polizisten, während in gebührendem Abstand halb Schlaubergen folgte. Die meisten hofften auf das Wasser, es gab aber auch Schaulustige, die eine mögliche Hinrichtung nicht verpassen wollten.

Ich sah Schnuff an, dass er völlig überfordert war, da er den Geruch von Wasser nicht aus seiner gesamten Wahrnehmung herausfiltern konnte. Er zeigte in seiner Not irgendwohin, worauf sofort ein Spatenkommando wie wild zu graben anfing – ohne Erfolg. Der Vorgang wiederholte sich noch zwei Mal, dann war allen klar, dass Schnuff nicht über die Gabe verfügte, unterirdische Wasseradern aufzuspüren.

Es war Zeit für den Ersatzplan. Nicht weit von mir hatten Savannah und Messine das schwarze Maultier in einer verlassenen Scheune versteckt. Auf meine Rufe »Beelzebub, Beelzebub, komm her« machte sich Freund Heins' Lasttier sofort auf den Weg zu mir. Bis es erwartungsvoll und Hufe scharrend vor mir stand, hatte ich bereits eine schwarze Kutte übergezogen, stieg danach auf den schwarzen, zotteligen Vierbeiner und ritt gemessen auf Schnuff zu. Ein Aufschrei ging durch die Menge, die sofort vor mir zurückwich. Auch die Polizisten schlotterten vor Angst und wollten meinen Freund nicht weiter bewachen. Ich sprach meinen Gefährten so laut wie möglich an, dass alle es deutlich hören konnten:

» Du kommst jetzt mit mir, du elender Landstreicher und notorischer Erneuerer, du hast den Tod verdient, steig auf mein Maultier, Erbärmlicher, unser Ritt geht auf direktem Weg in die Hölle!«

Schnuff hatte sofort erkannt, wer sich unter der Kutte verbarg und machte einen beherzten Satz auf den Rücken von Beelzebub, der unter der Last von zwei erwachsenen Männern kurz einknickte, dann aber unter dem Druck meiner Fersen gegen seine Weichteile losgaloppierte. Unser Ziel hatten wir mit den Gefährten vorher abgesprochen. Es war die Lacerta Oase am Rande der großen Wüste des Westlandes.

Inzwischen hatten Savannah und Messine Einsteins Bruder mit dem Zwergesel abgeholt und bewegten sich, so schnell es ging, auf die Ortsgrenze von Schlaubergen zu. Nach einem vierstündigen Marsch weiter Richtung Westen trafen sie schließlich Schnuff und mich an der Oase. Sie hatten Neuigkeiten:

»Wir haben während unserer Flucht aus Schlaubergen von weitem Freund Hein gesehen. Er hat ein neues Maultier, nicht so schwarz wie Beelzebub sondern grau gescheckt und er war auf dem Weg in den Ort.«

Alle wussten in diesem Moment, dass die Schlaubergener den Betrug inzwischen bemerkt haben mussten und sicher schon nach uns suchten. Messine hatte aus ihrem Haus in Schlampersack eine Landkarte mitgenommen, über die wir uns jetzt beugten. Die Lage war klar. Es gab nur die eine Ost-West-Verbindung, die durch Wüsten, Steppen und östlich von uns erst durch den Dschungel und dann durch das Hochland verlief. Diese Trasse war leicht zu sperren und zu überwachen. Es blieb nur eine Möglichkeit: Wir mussten von der Lacerta Oase weiter nach Westen, mitten durch die Wüste, bis wir nach tagelangem Marsch »Anarchonda« erreichen würden.

»Ich war dort schon einmal«, sagte Savannah, »zu dieser Siedlung im äußersten Westen gibt es noch einen zweiten, einfacheren Weg, der in Messines Karte nicht vermerkt ist und der das legendäre ›Luxusburg‹ am Südmeer mit Anarchonda verbindet.

Um nach Luxusburg zu kommen, müssten wir jedoch erst einmal zurück zur großen Kreuzung, dort warten sie jedoch mit Sicherheit auf uns, darauf würde ich wetten. Uns bleibt nur der Weg durch die Wüste!«

»Das hast du doch alles geplant, du Gauner«, wandte sich Schnuff lachend an mich, »der Schatz, wegen dem du hierher gekommen bist, liegt irgendwo in der Wüste.«

»Unsinn«, schaltete Savannah sich ein, »Räuberle sucht keinen Schatz, wenn überhaupt, bin ich der Schatz!«

Alle lachten und ich wurde rot. Wie konnte sie so etwas sagen? Mochte sie mich vielleicht?

Schnuff legte seine Arme um Messine und verkündete, dass sie ab sofort sein Schatz sei. Man konnte den Ärger in Einstein Bruders Gesicht darüber erkennen, dass keine Frau mehr für ihn da war, die er als Partnerin deklarieren konnte. Dann fing er zu fluchen an:

»Ich will zurück nach Vogelbach! Meine Aufgabe ist erfüllt. Schnuff ist frei. Also bringt mich zurück!«

Der alte Mann war von den Strapazen der Mission erschöpft und schlecht gelaunt. Er wusste aber genau, dass er erst wieder den Osten von Terrachron betreten konnte, wenn Gras über die Sache gewachsen war. Ein Porträt von ihm war im Schlaubergener Heimatboten erschienen. Jeder kannte sein Gesicht. Er war für manche sogar ein

Held, weil er einen Erneuerer vor dem Galgen bewahrt hatte.

Es war Nacht geworden und wir beschlossen, uns am nächsten Tag noch vor Sonnenaufgang auf den Weg zu machen. Es gab einen kleinen Laden in der Zeltstadt, die um die Oase herum gewachsen war, in dem wir Lebensmittel und große Decken kauften, die wir in den kalten Wüstennächten dringend zum Zudecken und am Tag als Sonnenschutz benötigen würden.

Wir schöpften das Wasser aus dem Teich der Lacerta Oase in unsere Ziegenschläuche, bis sie kurz davor waren, zu platzen. Bei unserem weiteren Vorstoß Richtung Westen würde es tagelang keine Wasserstelle mehr geben. Der Brunnen auf halbem Weg nach Anarchonda sei versiegt, erzählten uns die Bewohner der Zeltstadt. In einigen Jahren würde auch die Oase von der Wüste verschlungen werden.

Ich konnte im Freien nicht einschlafen und versuchte, die mir vertrauten Sternbilder zu erkennen, bis mir auffiel, dass der Himmel wie ein Spiegelbild des Himmels in meiner alten Welt aussah. Trotzdem waren die Sternkonstellationen klar zu unterscheiden. Das gut sichtbare »Kreuz des Südens« sagte mir, dass wir auf einem südlichen Breitengrad unterwegs waren. Sollten wir uns in der Wüste verlaufen, konnten wir mit Hilfe der Sterne vielleicht den Weg wieder finden.

»Rück zur Seite, mir ist es kalt!«, hörte ich es im Dunkeln flüstern. Im nächsten Moment war Savannah unter meine Decke geschlüpft, hatte ihre Arme um meinen Hals gelegt und sich an mich gedrückt.

Es war wirklich kalt, aber ich begann zu zittern, obwohl wir uns gegenseitig aufwärmten. Wir lagen eine Stunde eng und schweigend zusammen, bis sie plötzlich sagte:

»Du wirst mir langsam zu gefährlich, Räuberle, ich glaub, ich geh mal wieder unter meine Decke.«

Dann verschwand sie in der Nacht.

9.

Der Besitzer des Ladens in der Zeltstadt, bei dem wir die Lebensmittel und Decken gekauft hatten, hatte uns nach unserem Vorhaben gefragt und uns gewarnt, ohne einen von Pferden gezogenen Planwagen oder Kamele die Wüste zu durchqueren. Ich musste an seine Worte denken, als sich unser Zug am nächsten Morgen in Bewegung setzte. Der alte Mann ritt wie immer auf dem Zwergesel, Messine sollte sich mit Savannah darin abwechseln, auf dem Maultier zu reiten, das außerdem noch unser gesamtes Gepäck tragen musste. Schnuff und ich gingen vorneweg und führten die Tiere an langen Seilen.

Beelzebub musste außer unserer Verpflegung auch noch einen Sack voll Rüben für die Vierbeiner schleppen, dazu das ganze Wasser. Alles hing davon ab, ob er durchhalten würde. Wir mussten damit rechnen, im günstigsten Fall fünf Tage unterwegs zu sein, während unsere Verpflegung für Mensch und Tier nach meiner Berechnung schon nach vier Tagen aufgebraucht sein würde.

Am ersten Tag marschierten wir nur bis zum späten Vormittag und rasteten bis gegen Abend. Um Schatten zu haben, bauten wir aus unseren Decken, mehreren Zeltstangen und dünnen Schnüren eine Art Sonnenzelt, unter dem die beiden Esel und fünf Personen auf engstem Raum Platz finden mussten, was hohe Disziplin erforderte. Es war erstaunlich, wie die sonst bockigen Vierbeiner brav alles machten, was man ihnen sagte. Sie spürten instinktiv das Bedrohliche der Situation und sahen in uns, speziell in mir, den Garant für ihr Überleben.

Das Marschieren während der Nacht hatte Vor- und Nachteile. Es war bei weitem nicht so heiß wie am Tag, die Belastungen für den Organismus waren dadurch geringer und es wurde Wasser gespart. Nachteilig war, dass man kaum den Weg erkennen konnte, der an vielen Stellen vom Sand zugeweht war. Dummerweise herrschte gerade Neumond, sodass wir auch die in regelmäßigen Abständen aufgeschichteten Steinhaufen immer wieder suchen mussten.

Trotz aller Widrigkeiten kamen wir gut voran und passierten in der dritten Nacht den ausgetrockneten Brunnen. Wir waren auf dem richtigen Weg!

Einsteins Bruder machte einen Witz, über den keiner lachen konnte:

»Sag mal Schnuff, kannst du vielleicht Wasser für uns erschnuffeln?«

Am Tag darauf ging es dem alten Mann plötzlich sehr schlecht. Obwohl er auf dem Esel reiten durfte, war er mit seiner Kraft am Ende. Er war außerdem völlig ausgetrocknet. Schnuff und ich mussten ihm von unserer Wasserration etwas abgeben, um seine Lebensgeister wieder zu erwecken.

Als wir gegen Abend eine Pause einlegen wollten, sahen wir, wie sich zwei vermummte Reiter auf Kamelen schnell näherten. Ich dachte mir erst nichts dabei, hatte aber kein gutes Gefühl, als die Männer in vollem Galopp auf uns zuritten und erst im letzten Moment ihre Kamele zum Halten brachten, wobei die Tiere ihre Hufe so fest in den Boden stemmten, dass uns der Sand in die Augen spritzte und uns vorübergehend blind machte. Dann ging alles blitzschnell. Einer der Reiter sprang von seinem Kamel und bedrohte uns mit einem Schwert, während der andere versuchte, unseren voll bepackten Beelzebub abzudrängen. Als er das Maultier mit der Leine an seinen Sattelknauf binden wollte, dauerte es nur noch Sekunden, bis er auf dem Boden lag. Der Vierbeiner hatte mit voller Wucht nach hinten ausgeschlagen und das Kamel so empfindlich getroffen, dass es einen plötzlichen Satz zur Seite machte und seinen Reiter abwarf. Als nächstes nahm sich Beelzebub den Mann mit dem Schwert vor und gab ihm einen solch gewaltigen Tritt mit den Hinterbeinen, dass der Angreifer dreißig Fuß durch die Luft flog und dann bewegungslos liegen blieb. Sein Kumpan rannte schreiend in die Wüste und verschwand hinter einer Düne.

»Was sagst du, Räuberle, wir haben jetzt Kamele zum Reiten«, grinste Schnuff frech, »und wem haben wir das zu verdanken?«

»Beelzebub natürlich!«, schlugen wir ein.

Das Maultier bekam eine extra Portion Rüben und wurde von allen gekrault und gestreichelt, wobei es zufrieden grunzte.

Der restliche Weg nach Anarchonda war jetzt kein Problem mehr. Am Nachmittag des fünften Tags erreichten wir den Ort.

Wir kamen nicht ganz unvoreingenommen in die westlichste Ansiedlung von Terrachron. Unterwegs hatten sowohl Savannah als auch Messine Schauergeschichten über diese Siedlung erzählt, in der völlige Anarchie herrsche. Von zehn Personen, die nach Anarchonda einreisten, würden angeblich nur sieben wieder lebend zurückkehren. Warum es die Menschen nach Anarchonda zog, wollten unsere Begleiterinnen nicht verraten. Wir sollten uns überraschen lassen. Sie ließen mich aber raten, wobei sie meine Einfälle mit »warm« oder »kalt« bewerteten. Hinterher ahnte ich, dass es Bodenschätze sein mussten.

»Ich weiß, dass es einen Schatz gibt«, rief Schnuff, »und du, Räuberle, bist nur deswegen hierher gekommen!«

Wir passierten das Ortsschild, das die Aufschrift trug:

»Achte auf deinen Nachbarn!«

Einsteins Bruder fiel die Doppeldeutigkeit sofort auf:

»Dies ist sowohl eine Aufforderung zur Überwachung der Mitbewohner als auch ein Aufruf zur Rücksichtnahme. Daraus ergeben sich natürlich unmittelbar Gesetze, vergleichbar dem Imperativ der Pflicht«, lächelte er überlegen, »also doch keine Anarchie!«

Er fuhr mit den philosophischen Betrachtungen fort, aber ich hörte ihm nicht mehr zu. Stattdessen studierte ich die kleine Wüstenstadt und ihre Umgebung. Was aber war mit der Wüste geschehen? Direkt hinter einer Ansammlung von Häusern Richtung Süden sah man nur grüne Felder, die sich scharf gegen die rot und gelb leuchtenden Sandflächen abhoben, die sich nach Westen hinzogen und auf denen Hunderte von Sandpyramiden aufgeschichtet waren, die das Aussehen von Maulwurfshügeln hatten.

Etwa zehn Meilen entfernt erhob sich ein völlig verkarstetes Gebirge, von dem aus ein Canyon auf den Ort zulief und kurz davor abknickte. Am Rande dieser Schlucht konnte ich über ein Dutzend Holzkonstruktionen erkennen, in denen je zwei Ochsen immer im Kreis herum gingen. Mir war sofort klar, um was es sich handelte. Im Canyon lief ein Fluss, dessen Wasser mit der Kraft der Rinder nach oben geschöpft wurde. Nur so konnte aus der Wüste ein blühender Garten entstehen. Ohne das Bewässerungssystem hätten es die Menschen hier nicht lange aushalten können. Was zog sie aber hierher?

Die Frage beantwortete sich von selbst. Unsere Karawane aus zwei Eseln und zwei Kamelen war inzwischen bei den ersten Gebäuden des Städtchens angekommen. Dort prangte ein großes Schild mit der Aufschrift »Minengesellschaft West«.

»Was wird hier abgebaut?«, fragte Schnuff.

»Opale!«, antworteten die beiden Frauen gleichzeitig, »die schönsten schwarzen und weißen Opale die es gibt, wertvoller als Gold«, ergänzte Einsteins Bruder.

»Woher willst du das wissen?«, fragte ich, worauf er nur geheimnisvoll lächelte.

Schnuff war beleidigt.

»Jeder weiß hier mehr als ich, ihr spielt alle nicht mit offenen Karten. Wo ist denn jetzt der Schatz? Ist hier irgendwo ein Säckchen mit Opalen für uns vergraben?«

Ich hatte keine Lust mehr, Schnuff seine fixe Idee auszureden. Was wir alle noch nicht ahnten war, dass mein Freund selbst zum größten Schatz in diesem bemerkenswerten Ort aufsteigen sollte.

Unsere Ankunft und die ungewöhnliche Zusammensetzung unserer Gruppe hatte die Aufmerksamkeit der Einwohner erregt. Wir waren am Ende unserer Kräfte und schleppten uns zum Versammlungsplatz, wo wir unseren Durst an einem Brunnen löschen konnten. Zum Glück gab es einen öffentlichen Stall, in dem wir unsere Tiere unterstellten und versorgten. Immer wieder wurden wir angesprochen und dazu beglückwünscht, den beschwerlichen Weg durch die Wüste geschafft zu haben, wo doch der Weg von Luxusburg bis hierher wesentlich kürzer und einfacher sei.

Anarchonda hatte etwa 2000 Einwohner, die jedoch zum größten Teil unter der Erde wohnten. Um an die Opal führende Schicht zu gelangen, musste man sich mindestens zwanzig Fuß tief in die Wüste eingraben. Die so entstehenden Hohlräume waren zum Wohnen ideal, weil sie gleichmäßig kühl waren und keine zusätzlichen Kosten verursachten. Außerdem hatte man den kürzest möglichen Weg zum Arbeitsplatz.

Einige Landwirte bauten auf den bewässerten Feldern Obst und Gemüse an. Alles andere musste von Luxusburg herangeschafft werden und war entsprechend teuer.

Im Ort gab es ein einziges Gasthaus mit Bar und Hotel, in dem wir zwei Zimmer nahmen, eins für die Männer und eins für die Frauen. Die Räume hatten weder eine verschließbare Tür noch Läden vor den großen Fensteröffnungen. Dafür floss die frische Nachtluft ungehindert durch das ganze Gebäude und brachte eine angenehme Kühlung.

Nach dem Abendessen fielen wir alle völlig erschöpft auf die harten Holzpritschen. Beim Frühstück am nächsten Morgen setzte sich der Wirt der Herberge zu uns an den Tisch und klärte uns darüber auf, wie in Anarchonda Probleme gelöst würden. In die Händel zwischen Opalsuchern würde man sich grundsätzlich nicht einmischen, auch wenn es dabei schon Tote gegeben habe. Es würden auch keine Claims abgesteckt, jeder grabe, wo er gerade Lust habe. Erst wenn jemand fündig geworden sei, könne er die Lage seines Stollens in einer Art Grundbuch vermerken lassen. Sobald er jedoch das Graben einstelle, würde er wieder aus dem Register gestrichen. Der Ort habe einen Ältestenrat mit sechs Mitgliedern, dem man Probleme vortragen könne. Der Rat habe zur Durchsetzung seiner Beschlüsse zwei Polizisten zur Verfügung.

Der Mann klärte uns noch darüber auf, dass es keinen Friedhof gäbe, sondern die Verstorbenen in verlassenen Stollen beigesetzt würden, die man danach zuschüttete. Wir sollten uns also nicht wundern, wenn wir beim Graben auf Skelette stoßen würden.

Wir waren neugierig, das Grabungsfeld näher zu besichtigen und machten uns sofort auf den Weg. Die meisten der Opalschürfer arbeiteten zu dieser Tageszeit in ihren Stollen, es gab aber auch einige, die oben standen, den Abraum mit Eimern hochzogen und auf die Pyramiden kippten.

Ich beobachtete, wie Schnuff immer wieder stehen blieb und geräuschvoll die Luft durch die Nase einsog.

»Was ist mit dir, gibt es hier vielleicht Trüffeln?«

Meine Frage war scherzhaft gemeint, aber Schnuff blieb ernst.

»Ich glaube, ich kann die Opale riechen.«

»Das ist nicht dein Ernst«, bemerkte Savannah ungläubig.

Uns allen war sofort klar, was das bedeutete. Der Wirt unseres Hotels hatte uns erzählt, dass es reiner Zufall sei, beim Graben auf eine Opalader zu stoßen. Manche hätten Jahrzehnte umsonst gegraben. Den »großen Fund« mache vielleicht jeder Zehnte, alle anderen würden den Ort wieder verlassen oder irgendwann in einen verlassenen Schacht geworfen. »Ich rieche genau, wo die Opaladern verlaufen«, sagte Schnuff, »es kann nichts anderes sein, im Moment stehen wir gerade auf einer.«

Um uns herum gab es keinerlei Grabungsstellen. Hatte Schnuff wirklich mit seiner Nase ein Opalflöz geortet? Wir konnten das nur herausfinden, indem wir an dieser Stelle ein tiefes Loch gruben. Noch am selben Tag heuerte Schnuff in der Kneipe einige Männer an, erfolglose Opalschürfer, die sich durch das Graben etwas dazu verdienen konnten. Es dauerte zwei Wochen, bis wir in dreißig Fuß Tiefe tatsächlich eine Opalader fanden. Da wir keine Ahnung hatten, wie man den wertvollen Rohstoff abbaute, bot Schnuff seine Fundstelle am nächsten Tag der Minengesellschaft an, die ihm dafür ein Säckchen mit Goldmünzen gab, nachdem sie vorher noch die Ergiebigkeit des Aufschlusses geprüft hatte. Es war ein 1A Fund! Schnuff war mit einem Schlag reich geworden, ein Reichtum, an dem er uns nicht teilhaben ließ.

10.

Es wurde Zeit, wieder praktisch zu denken. Ich hatte einen langen Rückweg vor mir, vom äußersten Westen von Terrachron bis zum Gebirge im Osten. Von den zehn Goldtalern, die mir meine Mutter mitgegeben hatte, besaß ich noch acht. Bevor die ausgegeben waren, sollte ich wieder zurück in der alten Welt sein.

Schnuffs Fund hatte die unterschiedlichen Interessen in unserer bis dahin verschworenen Gruppe schlagartig deutlich gemacht, obwohl wir während der zweiwöchigen Grabungsarbeiten an der erschnüffelten Fundstelle die schönste Zeit hatten, seitdem wir losgezogen waren. Jeden Abend besuchten wir die Bar, wo zur Musik eines Teufelsgeigers und Gitarristen wild getanzt wurde. In Anarchonda gab es fast nur Männer, sodass die wenigen Frauen heiß umworben wurden. Jeder wollte wenigstens einmal mit Messine und Savannah tanzen, die stundenlang nur noch herumgewirbelt wurden. Streitigkeiten, wer als nächstes mit einer unserer Freundinnen tanzen durfte, blieben nicht aus. In weiser Voraussicht hatten wir zur Klärung dieser Probleme unser Maultier Beelzebub vor der Kneipe angebunden. Sobald eine Schlägerei losging, ließen wir ihn in die Bar, wo er alle Probleme durch gezieltes Ausschlagen mit den Hinterbeinen schnell löste. Ich musste nur mit dem Finger auf jemanden zeigen und das Maultier beförderte denjenigen mit einem kräftigen Tritt durch die

Schwingtür auf die Straße. In kurzer Zeit war unsere Gruppe bewundert, anerkannt, aber auch gefürchtet. Nach dem plötzlichen Reichtum Schnuffs zeigten sich die Gegensätze zwischen uns immer deutlicher. Messine rannte meinem Freund nur noch wie ein Hündchen hinterher, während Savannah sich mehr mir zuwandte. Sie war nicht mehr das Waldmädchen im Bastrock, wie ich sie einst kennen gelernt hatte, immer auf der Jagd nach Schnuffs Goldtalern, sondern war nachdenklich geworden und hatte sich vielleicht in mich verliebt. Das hoffte ich jedenfalls, ohne auch nur die geringste Ahnung zu haben, welchen Bedingungen ihr Leben unterworfen war. Warum lebte sie in dieser entlegenen Höhle und vor allem, von was lebte sie?

Einsteins Bruder machte sich für Schnuff schnell unentbehrlich, der die ganze Dimension des Geschäfts noch nicht überblickte. Der alte Mann mit seinem messerscharfen Verstand entwarf ein Geschäftsmodell, das Schnuff, aber auch ihn selbst zu den reichsten Opalschürfern in Anarchonda machen sollte, ohne dass sie selbst graben mussten. Die Idee war, Schürfrechte zu vermeiden. Da Schnuff garantieren konnte, dass die Opalgräber an den von ihm gefundenen Stellen etwas finden würden, vermietete Einsteins Bruder die Flächen für eine bestimmte Zeit, wobei zusätzlich zur hohen Miete zwei Drittel der gefundenen Opale der neu gegründeten Gesellschaft »Minenverleih Beelzebub« abgetreten werden mussten. Das Unternehmen gehörte Schnuff und dem alten Mann zu je fünfzig Prozent. Messine wurde die Sekretärin und Buchhalterin der neuen Firma. Für mich und Savannah war darin kein Platz. Wir konnten getrost unsere Rückreise antreten.

Es bedurfte keiner großen Planung, da wir kaum Gepäck hatten. Ich war mir mit Savannah schnell einig, dass wir den Rückweg zusammen mit Beelzebub antreten würden. Der Zwergesel konnte in Anarchonda verbleiben. Wir würden den Weg über Luxusburg einschlagen, von dort Richtung Norden bis zur großen Kreuzung marschieren und dann die Straße nach Osten nehmen.

An unserem letzten Abend saßen wir alle fünf noch lange zusammen, betranken uns mit »Anarcho Bräu« und schworen uns ewige Freundschaft. Diese guten Vorsätze waren im Grunde gegenstandslos, da wir uns am nächsten Tag trennen und möglicherweise nie mehr sehen würden. Trotzdem gaben sich alle der weinseligen Stimmung hin. Am Ende des Abends lallte Schnuff nur noch und schwankte schwer betrunken auf sein Zimmer. Das sollte das Bild sein, das ich von ihm in Erinnerung behielt. Messine und Savannah tuschelten miteinander, fingen dann scheinbar grundlos zu lachen an und konnten damit nicht mehr aufhören. Ich hatte die Befürchtung, dass sie über mich lachten, meine Beule am Kopf, meine schiefe Nase, meinen hinkenden Gang oder sonst etwas, was mich betraf. Diese Vorstellung machte mich so wütend, dass ich ohne Abschiedsgruß in mein Zimmer ging, während Einsteins Bruder ausharrte und der angeheiterten Messine gehörig zusetzte, die sich kaum gegen den alten Schwerenöter zur Wehr setzen konnten, wie mir Savannah am nächsten Tag erzählte.

»Und dich hat er in Ruhe gelassen«?, fragte ich.

»Ja sicher, ich bin für ihn tabu!«

Ich verstand ihren letzten Satz nicht und sie war auch nicht bereit, ihn näher zu erklären. Mir fiel in diesem Moment auf, dass während unserer ganzen Reise Savannah und Einsteins Bruder kein einziges Wort miteinander gewechselt hatten. Eines war sicher. Der alte Mann war in seiner Jugend ebenfalls Erneuerer gewesen.

Der Weg nach Luxusburg war zwar weniger strapaziös als die Route durch die Wüste, mit unseren bestialischen Kopfschmerzen fiel uns jedoch am ersten Tag jeder Schritt schwer. Schließlich setzten wir uns beide auf das Maultier, ich auf den Sattel und Savannah direkt hinter mich. Sie war ein Leichtgewicht und auch ich hatte durch die Strapazen der Reise erheblich abgenommen. Beelzebub trug uns mühelos. Schon nach zwei Tagen erreichten wir das Südmeer, von dessen Ufern ein Mittelgebirge anstieg, auf dem sich große Flächen aus verkrüppelten Kiefern und Buschwerk mit Wiese abwechselten. Es war ein Paradies für unser Maultier, das hier nach Herzenslust grasen konnte. Was für ein Gegensatz zur verbrannten Wüstenlandschaft! Das geschundene Tier fühlte sich so wohl, dass es immer wieder kreuz und quer über die großen Flächen galoppierte. Ich fragte mich, ob es wohl seinen früheren Herrn, Freund Hein, völlig vergessen hatte oder ob es eines Tages zu ihm zurückkehren würde.

Schon am nächsten Tag konnten wir, nachdem wir eine kleine Anhöhe bestiegen hatten, Luxusburg unter uns am Meer liegen sehen. Der Anblick war atemberaubend. Es gab eine innere Stadt, die von einer hohen Steinmauer umgeben war und bewachte Eingänge hatte. Die prachtvollen Häuser innerhalb der Mauer deuteten darauf hin, dass hier sehr wohlhabende Menschen wohnten. Um den Stadtkern herum lag ein ausgedehntes Siedlungsgebiet mit kleinen Holzhäusern. Hier lebten vermutlich all diejenigen, die den Reichen zuarbeiteten, sei es als Handwerker, Bedienstete oder sonstige Hilfskräfte. Im Norden der Stadt gab es noch vereinzelt Manufakturen, die ich an der zweckgebundenen Konstruktion der Gebäude erkannte, unter anderem auch eine kleine Werft, auf deren Gelände Segelschiffe aufgebockt waren.

Luxusburg lag in einer geschützten Bucht und besaß einen alten, engen Hafen, der mit kleinen Booten überfüllt war. Etwa drei Meilen entfernt lagen die großen Schiffe der betuchten Bürger an neu errichteten Molen.

Der Anblick der ganzen Ansiedlung machte mich sprachlos, aber ich staunte über die Gleichgültigkeit, mit der Savannah diesen sensationellen Ort betrachtete.

»Was ist mit dir los?«, fragte ich, »gefällt dir die Stadt nicht?«

»Sie hat keine klare Ausrichtung, so wie zum Beispiel Schlaubergen oder Blitzblankenbach.«

»Doch, das hat sie. Ihre Ausrichtung ist der bedingungslose Luxus. Die Menschen außerhalb der Mauern helfen nur dabei mit, diesen Luxus dauerhaft zu gewährleisten.«

Savannah lachte.

»Räuberle, mein Kluger, du hast schnell verstanden, wie Terrachron funktioniert!«

Als wir auf unserem schwarzen Muli in die Vororte der Stadt einritten, liefen die Menschen vor uns davon und verkrochen sich in ihren Häusern. Im Gegensatz zu Anarchonda, wo Beelzebub niemanden interessierte, verbreitete das Tier hier Angst. Es war klar, dass sein Besitzer, Freund Hein, den Leuten bekannt war. Wenn dieser Kerl auftauchte, nahm er meistens jemanden mit, der nicht wieder zurückkam.

Am Stadttor wurden wir kontrolliert, aber auch hier zeigte man großen Respekt vor uns. Ohne viele Fragen und Leibesvisitationen wurden wir eingelassen. Man wollte es sich mit uns nicht verscherzen.

»Mein Gott«, rutschte es Savannah heraus, »was werde ich sonst immer hier kontrolliert!«

Ich glaubte, mich verhört zu haben.

»Wie kontrolliert, kommst du denn häufiger hierher?«

Savannah schien einzusehen, dass sie mir jetzt keine Lügen auftischen konnte.

»Meine Familie lebt hier. Seit ich zu den Erneuerern gehöre, haben wir Streit. Sie unterstützen mich aber finanziell. Die Generation, die hier gerade im besten Erwachsenenalter ist, das sind meine Urenkel. Ich habe zwar mein biologisches Alter durch die regelmäßige Erneuerung bei 25 eingefroren, in Wirklichkeit bin ich aber älter als Einsteins Bruder!

»Und da nimmst du regelmäßig diese langen Fußmärsche von deiner Höhle im Osten bis hierher in Kauf?«

»Nein«, lachte meine Freundin, »in Blitzblankenbach kann man Pferde, Einspänner und ganze Fuhrwerke mieten, meistens bin ich auf einem schnellen Reitpferd unterwegs.«

Ich war sprachlos. Ganz so nebenbei war ich jetzt doch noch hinter das Geheimnis meiner Freundin gekommen. Ihr Problem war klar: Der Geldfluss aus Luxusburg durfte nicht abreißen, sonst hätte sie ein schwer wiegendes Problem gehabt. Wie ich sie einschätzte, hatte sie sich aber abgesichert.

Savannah schien meine Gedanken zu lesen.

»Ich habe in verschiedenen Verstecken in den Bergen so viel Gold, dass ich damit die nächsten hundert Jahre überstehen kann, wie ein Eichhörnchen den Winter.« Sie grinste frech.

»Weiter denke ich nicht!«

Inzwischen waren wir beim Wohnsitz ihrer Familie angekommen. Am Rand eines kleinen Parks stand ein klassizistisch anmutendes Haus mit Marmorsäulen und großen Sprossenfenstern mit runden Oberlichtern. An den Ecken des Prachtbaus befanden sich überlebensgroße mytische Figuren, die mit ihren steinernen Armen den ganzen Bau stützten. Über der Eingangstür prangte eine große, aus buntem Glas hergestellte Opalimitation.

»Wir werden jetzt nicht hinein gehen!«, entschied sich Savannah, »ich habe versprochen, keinen Fremden mit hierher zu bringen. Du hast das Haus gesehen. Merk dir seine Nummer! Solltest du jemals auf der Suche nach mir sein, in einem Notfall oder wenn du irgendwelche Hilfe benötigst, dann kannst du hierher kommen und wirst eingelassen werden, wenn du das Losungswort kennst.«

»Und wie lautet das?«

Savannahs Lippen berührten mein Ohr, als sie leise flüsterte: »Anarchonda«, und sie fuhr fort:

»In Anarchonda sind wir damals reich geworden. Mein Bruder fand den schönsten und größten schwarzen Opal, der jemals zu Tage befördert wurde. Er befindet sich jetzt im Museum von Luxusburg.«

Während unseres Gesprächs waren wir langsam weiter gegangen und standen jetzt vor den Gebäuden der Regierung von Terrachron. Hier gab es kein Weiterkommen. Eine geschlossene Schranke wurde von mehreren schwer bewaffneten Polizisten bewacht. Direkt links von uns, an das Regierungsviertel anschließend, befand sich eine große Liegewiese, auf der sich viele Menschen niedergelassen hatten, um zu picknicken oder ein Sonnenbad zu nehmen.

Wir setzten uns auf eine Bank und banden Beelzebub an einem Pfosten fest.

Savannah erzählte weiter:

»Jetzt sollst du auch alles wissen, Räuberle, fast alles!«

Sie lächelte.

»Du hast es vielleicht schon erraten. Ich bin die Schwester von Einsteins Bruder.«

Diese Eröffnung überraschte mich völlig. Niemals hätte ich so etwas Absurdes angenommen. Savannah ließ sich nicht durch mein dummes Gesicht und den offenstehenden Mund beeindrucken.

»Wir waren damals die ersten, die in Anarchonda zu graben anfingen. Mein Bruder hatte Physik studiert und war ein brillanter Geologe. Er fand den berühmten Stein und schenkte ihn der Regierung, die ihn zum Dank dafür adelte. Er bekam den Titel »Hubertus, eines Steins Bruder«. In Vogelbach haben sie später »Einsteins Bruder« daraus gemacht.

Wir waren jung, reich und schön und wollten nicht, dass es sich jemals ändern würde. Mein Bruder studierte die Mechanismen der Raum-Zeit-Übergänge und fand den Trick mit der biologischen Verjüngung. Er konnte sogar die Koordinaten der Passagen berechnen. Er und ich waren die ersten Erneuerer. Er fand heraus, dass man maximal drei Tage in der alten Welt bleiben durfte, weil sonst die Verjüngung nicht mehr funktionierte. Sein Pech war, dass er sich in eines dieser Vogelbacher Schweinchen verliebte, in eine Dame mit rosaroter Gesichtshaut wie ein Schweinehintern. Als er wieder einmal wie gewohnt nach drei Tagen von Vogelbach zurück nach Terrachron wollte, verschlief er den Zeitpunkt in ihrem Bett. Von da ab alterte er wie jeder normale Mensch, mit dem Unterschied, dass ihm die bereits vorher erneuerten dreißig Jahre in einem biologischen Sinn erhalten blieben. Ich habe das einmal nachgerechnet. Sein Altersgefühl müsste dem eines Achtzigjährigen entsprechen. Man muss bewundern, wie er den Ritt durch die Wüste durchgestanden hat.«

Savannah lächelte verschmitzt.

»Und ich bin immer noch fünfundzwanzig!«

»Im Grunde aber eine uralte Frau«, konnte ich mir nicht verkneifen zu sagen und brachte meine Begleiterin damit zum Weinen. Im selben Moment tat mir meine Bemerkung leid und ich entschuldigte mich.

Savannah erzählte weiter, während ich ihre Tränen mit einem Tuch abwischte:

»Die Übergänge von Terrachron in die alte Welt und zurück können sich jederzeit durch astronomische Vorgänge verschieben oder völlig auflösen, auch wenn es in der Vergangenheit noch nicht passiert ist. Dann wäre mit einem Schlag Schluss mit der Erneuerung. Freund Hein dauert das aber zu lang, er würde mich gerne vorher schnappen und einem Gericht übergeben. Zum Glück hat es sein Maultier bisher noch nicht geschafft, seinen Herrn in das Ost Gebirge mit seinen vielen Schluchten zu tragen, dorthin, wo meine Höhle ist. Außerdem scheinst du ja jetzt der neue Herr des Mulis zu sein.«

»Ich weiß auch nicht, warum Beelzebub mich so mag. Manchmal kommt es mir vor, als hätte ich ihm meine Seele verschrieben.«

Das Maultier spitzte die Ohren, als es seinen Namen hörte. Es blies kurz Luft durch seine Nüstern und iahte mehrmals so laut, dass die Menschen auf der Liegewiese erschreckt hochsprangen. Wir banden es los, saßen auf und verließen im gemächlichen Schritt Luxusburg.

11.

Savannas Enthüllungen hatten mich völlig verwirrt. Ich hatte mehr Fragen als vorher. Warum waren in die Passagen diese Schikanen eingebaut, der See und die Tropfsteinhöhle? Das konnte doch kein astronomisches Ereignis, das seine Ursachen irgendwo in der Milchstraße hatte, so gezielt herbeigeführt haben.

Wir folgten dem Weg nach »Große Kreuzung«, der hinunter in die ausgedehnte Tiefebene führte, deren Ende, der Anstieg ins Gebirge, am Horizont noch nicht zu erkennen war. Der Bewuchs links und rechts wurde immer dichter, die Bäume immer höher, bis wir uns schließlich wieder mitten im Dschungel befanden, aus dem uns stundenlang eigenartige Laute begleiteten. Einmal war es das Gezwitscher bunter Vögel, dann wieder das tiefe Grunzen wilder Schweine und über allem das laute Brüllen der Affen, das im Urwald mit unzähligen Echos widerhallte. Die Primaten hüpften auch vor uns auf dem Weg herum und bettelten nach Nahrung, wurden aber durch Beelzebubs Ausschlagen mit den Hinterläufen schnell vertrieben.

Es ging mit vier Meilen in der Stunde voran und wir mussten uns auf zwei Tage Reisezeit einrichten, bis wir die Ostabzweigung erreichen würden. Unterwegs war viel Zeit zum Reden.

»Räuberle, du hast dich sicher schon über die gefährlichen Schikanen gewundert, den See zum Beispiel.«

»Ja!«, rief ich.

»Das ist ganz einfach. Der Zugang durch die Tropfsteinhöhle ist zufällig entstanden. Der See jedoch ist ein Stausee, der gezielt errichtet wurde, um den Erneuerern den Weg zurück aus der alten Welt zu blockieren. Es gelang nicht wirklich, wie du selbst gesehen hast. In Terrachron gibt es ungefähr zwei Dutzend Übergänge, die von den Erneuerern geheim gehalten werden. Sobald ein Übergang bekannt wird, unternimmt die Regierung alles, ihn unbrauchbar zu machen. Manche Passagen werden auch pausenlos bewacht.«

Die Frage, die mich am meisten bewegte, war noch nicht über meine Lippen gekommen. Wie würde es weitergehen, wenn wir beide erst ihre Höhle erreicht hatten? Es war klar, dass wir uns mochten, nur – würde sie mir folgen? Würde sie mit mir in die alte Welt gehen oder schlug ihr Herz für Terrachron?

Wir erreichten eine Abzweigung, an der ein Schild darauf verwies, dass es nach »Heiligenstein« ginge.
»Diesen Ort solltest du dir einmal ansehen«, grinste Savannah mich an, »wir haben Zeit, also lass uns hier über Nacht rasten.«
Es dauerte noch eine halbe Stunde auf einem schmalen Pfad durch den Dschungel, bis Beelzebub plötzlich bockte und sich weigerte, weiter zu gehen.

»Das war mir klar, dass er dort nicht hin will«, bemerkte meine Begleiterin, »das ist ihm zu fromm.«

Ich band das Muli an einem Baum fest und wir gingen weiter, bis wir eine Ansiedlung erreichten, die um einen gigantischen Findling herum gewachsen war, auf dessen höchsten Punkt man eine große Holzkirche errichtet hatte. Trotz der Hitze und hohen Luftfeuchte trugen die Menschen alle schwarz. Manche beteten vor den Heiligenfiguren, die überall aufgestellt waren. Aus allen Richtungen war das Murmeln der Gebete zu hören.

»Dieser Findling besteht aus Eisen und Nickel«, klärte mich meine Begleiterin auf, »beim Eintritt in die Atmosphäre ist er teilweise geschmolzen, deswegen die glatte Oberfläche. Nachdem er eingeschlagen war, entstand dieser Sprung im Raum-Zeit-Kontinuum, der Terrachron abspaltete. Seitdem haben sich unsere Welten auseinander entwickelt.«

In der einzigen Herberge des Orts war nur noch ein Zimmer mit einem schmalen Bett frei und wir mussten auf die Bibel schwören, dass wir verheiratet waren, bevor man es an uns vermietete.

»Heiligenstein ist im Moment voller Pilger«, erklärte uns der Wirt, »es jährt sich der Tag des Einschlags. Das ist die Art und Weise, wie Gott seinen Willen durchsetzt. Er lenkt Meteoriten oder Kometen auf unseren Planeten, wenn er uns strafen oder einen Teil von uns auslöschen will.«

Das war eine interessante These, aber unwahrscheinlich und nicht selektiv genug. Ich glaubte eher daran, dass der große Meister Freund Hein dazu benutzte, um ganz gezielt aufzuräumen. Die Erneuerer mussten Gott, sofern er existierte, ein Dorn im Auge sein, weil sie sich seiner Allmacht entgegenstellten.

Der Wirt der Herberge lud für den Abend zu einem »frommen Umtrunk mit Fastenspeisen« ein, zu dem fast alle Pilger erschienen, wodurch die Kneipe aus ihren Nähten platzte. Es wurde ausnahmslos Rotwein getrunken, als Essen wurden Fischbrötchen gereicht.

Die frommen Menschen standen in Dreierreihen vor der Theke und reichten diszipliniert die Getränke und Happen weiter, während das Geld denselben Weg zurück nahm. Das Verfahren funktionierte vielleicht zwei Stunden lang und brach dann wegen der Trunkenheit der meisten Pilger völlig zusammen. Savannah und ich standen eingekeilt in der Menge und ich musste zu meinem Entsetzen erkennen, dass sich ein Pilger nach dem anderen zu meiner schönen Begleiterin hinarbeitete, um in der Enge der Bar auf Tuchfühlung zu gehen. Wäre jetzt nur Beelzebub hier gewesen, er hätte unter den Kerlen aufgeräumt. So musste ich mir etwas einfallen lassen. Ich warf eine Hand voll Kreuzer in die hinterste Ecke des Lokals. Sofort stürzten alle hinterher und Savannah war frei.

»Die alte Methode des Fersengelds«, lachte meine Freundin, »sie funktioniert immer noch. Lass uns ins Bett gehen, wir haben morgen wieder einen langen Weg vor uns.«

Um auf der schmalen Pritsche zu zweit schlafen zu können, musste ich auf der Seite liegen mit Savannah vor mir und an mich gedrückt, ihren Kopf in meiner Armbeuge. So nah war ich der jungen Frau noch nie gekommen und ich konnte nicht einschlafen. Nach einer Stunde fragte sie plötzlich »Schläfst du?«, worauf ich »ja gleich« antwortete. Kurz danach schliefen wir beide.

Am nächsten Morgen erwartete uns eine böse Überraschung. Beelzebub war nicht mehr da. Da ich nicht mehr genau wusste, wo ich ihn festgebunden hatte, suchten wir den ganzen Weg ab – ohne Erfolg.

»In Heiligenstein gibt es bestimmt Mietmulis, schon wegen der vielen Pilger, die den Weg zurück nicht mehr schaffen.«

Savannah hatte Recht. Am Rand des Orts befand sich ein Stall, wo man Maultiere und Esel mieten konnte. Wenn man sie nicht mehr brauchte, schickte man sie einfach zurück, die Tiere fanden ihren Heimweg von ganz allein. Man durfte sie nur nicht in die Wüste oder das Gebirge mitnehmen, weil diese Gegenden gefährlich waren und die Vierbeiner dort nichts zum Fressen finden konnten.

Wir entschieden uns für ein gutmütiges, kräftiges Maultier, das uns beide tragen konnte und brachen noch am Vormittag auf. Der Weg ging über »Große Kreuzung« und dann weiter Richtung Osten bis zum Hochplateau, wo das Muli nicht mehr weiter kam und von mir durch feste Klapse auf sein Hinterteil zurück geschickt wurde. Es war ein erfahrenes Tier, das sofort verstand, was gemeint war und, erleichtert von den zwei Reitern, die es stundenlang hatte schleppen müssen, mit einem fröhlichen Galopp den Rückweg antrat.

Bis wir schließlich vor Savannahs Höhle standen, war es fast Nacht. Die hellsten Sterne waren schon zu sehen und der volle Mond ging auf. Ich war fest entschlossen, am nächsten Morgen nach Vogelbach aufzubrechen, so sehr mich die Vorstellung schmerzte, Savannah nicht mitzunehmen. Sie hatte sich dazu noch nicht geäußert, ich konnte ihr aber ansehen, wie sie mir gegenüber eine Abwehrhaltung aufbaute. Je näher wir ihrer Höhle gekommen waren, umso einsilbiger war sie geworden, vielleicht, um es sich selbst nicht zu schwer zu machen. Möglicherweise lag es auch wirklich an den falschen Sternkonstellationen, dass sie nicht mitkommen konnte.

Am nächsten Tag machte ich mich noch vor Sonnenaufgang auf den Weg durch die Schlucht zum See, ohne meine schlafende Freundin vorher geweckt zu haben. Immer wieder drehte ich mich um und blickte zurück, dann erschien sie plötzlich am Höhlenausgang.

»Viel Glück, Räuberle!«, rief sie mir hinterher, »ich werde dich besuchen, ich versprechs!«

Das Echo von »ich versprechs« hallte zwölf Mal durch die Schlucht, bis es wieder totenstill war.

Als ich in Vogelbach ankam, waren dort, wie erwartet, zwölf weitere Jahre vergangen. Im Hotel erkannten sie mich wieder nicht auf Anhieb. Meine Mutter war gestorben und hatte Trulla und ihrem Mann das Anwesen vererbt mit der Auflage, dass ich, falls ich jemals zurückkommen würde, für den Rest meines Lebens freie Kost und Logis erhalten sollte.

Ich zog in mein altes Zimmer und bot Trulla an, im Hotelbetrieb mitzuhelfen, was sich darauf beschränkte, gelegentlich auf ihre vier Kinder aufzupassen, denen ich nur allerlei dummes Zeug beibrachte und ihnen immer wieder erzählen musste, wie ich mit dem bösen Riesengänserich gekämpft hatte.

Als Trulla mit achtzig Jahren starb und von da an eines ihrer Kinder das Hotel weiterführte, war ich biologisch betrachtet erst um die fünfzig Jahre alt.

Schnuff, Messine, Einsteins Bruder und Savannah habe ich nie mehr gesehen. Immer wieder habe ich mir überlegt, noch einmal nach Terrachron aufzubrechen, ohne diesen Plan in die Tat umzusetzen. Meine zunehmenden körperlichen Gebrechen, eine Folge meiner Verletzungen, ließen es nicht mehr zu.

Die Leute in Vogelbach streuten das Gerücht aus, dass ich nicht ganz richtig im Kopf sei, was mich dazu brachte, immer schweigsamer zu werden. Nicht wenige dachten auch, ich sei für das Verschwinden von Schnuff und Einsteins Bruder verantwortlich, was mir komischerweise Respekt einbrachte. Ich bekam auch einen Namen: »Der Taugenichts aus dem Hotel.«

Erster Nachtrag:
Letzte Nacht lag ich wieder schlaflos bei offenem Fenster und grübelte, als ich glaubte, den Namen »Räuberle« rufen zu hören, den in Vogelbach schon lange niemand mehr kannte. Ich stand auf und ging zum Fenster. Dichter Bodennebel zog sich wie eine Schneedecke bis zum Waldrand hinauf, wo die weiße Schicht nur noch drei Fuß dick war. Ich musste zweimal hinsehen, um zu erkennen, wer wie ein leuchtender Engel vor dem schwarzen Wald stand. Es war Savannah, die mir zuwinkte, jung und schön wie immer. Ich verließ das Hotel und stolperte keuchend mit flatterndem Morgenmantel den Wiesenhang hinauf bis zum Wald.

Sie war nicht da, so sehr ich sie auch suchte.

Zweiter Nachtrag:
Freund Hein und Beelzebub sind in Vogelbach aufgetaucht. Ich habe keine Ahnung, was sie hier wollen.